DISCARD

Nagasaki

ÉRIC
FAYE

Nagasaki

ROMAN

On raconte que les bambous de même souche
fleurissent à même date, meurent à même date,
si éloignés que soient les lieux
où ils ont été plantés dans le monde.

Pascal QUIGNARD

Ce roman est tiré d'un fait divers rapporté par plusieurs journaux japonais, dont *Asahi*, en mai 2008.

Il faut imaginer un quinquagénaire déçu de l'être si tôt et si fort, domicilié à la lisière de Nagasaki dans son pavillon d'un faubourg aux rues en chute libre. Et voyez ces serpents d'asphalte mou qui rampent vers le haut des monts, jusqu'à ce que toute cette écume urbaine de tôles, toiles, tuiles et je ne sais quoi encore cesse au pied d'une muraille de bambous désordonnés, de guingois. C'est là que j'habite. Qui ? Sans vouloir exagérer, je ne suis pas grand-chose. Je cultive des habitudes de célibataire qui me servent de garde-fou et me permettent de me dire qu'au fond, je ne démérite pas trop.

J'ai parmi mes habitudes celle de suivre le moins possible mes collègues quand, après le bureau, ils sortent lamper quelques verres de bière ou flacons d'alcool. J'aime me retrouver un peu avec moi-même, chez moi, pour dîner à la bonne heure : je ne dépasse en aucun cas dix-huit heures trente. Si j'étais marié, je ne m'imposerais sans doute pas la même discipline, me laisserais aller souvent à les suivre, mais je ne le suis pas (marié). Mon âge, au fait : cinquante-six.

Ce jour-là, parce que je me sentais un brin fiévreux, je suis rentré plus tôt que d'ordinaire. Il ne devait pas être dix-sept heures quand le tram m'a déposé dans ma rue, un sac de provisions à chaque bras. Il est rare que je me retrouve si tôt chez moi pendant la semaine, aussi ai-je eu l'impression d'y entrer par effraction. Effraction est sans doute un bien grand mot, et cependant... Jusqu'à un temps assez récent, je ne fermais pas souvent à clé lorsque je m'absentais ; notre quartier est sûr et plusieurs vieilles dames du voisinage (Mmes Ōta, Abe et d'autres un peu plus loin) passent le plus clair de leurs journées chez elles. C'est commode, les jours où je suis chargé, d'avoir laissé ouvert : en descendant du tramway je n'ai que quelques mètres à faire, puis je pousse la porte coulissante et me voilà à l'intérieur. Le temps de retirer mes chaussures et d'enfiler des chaussons et je range les victuailles dans les placards de la cuisine. Ensuite, je m'assois et je souffle, mais aujourd'hui, je n'ai pas eu ce luxe : à la vue du frigo, mes inquiétudes de la veille se sont réveillées en sursaut. Tout m'a pourtant paru normal, lorsque je l'ai ouvert. Chaque chose était à sa place, c'est-à-dire à la place occupée au matin, à mon départ. Les légumes

12

vinaigrés, le tofu en cubes, les anguilles pour le dîner. J'ai inspecté avec soin chaque clayette en verre. Sauce au soja et radis, laminaires séchées et pâte de haricots rouges, poulpe cru dans un Tupperware. Sur l'étagère du bas, les petits paquets triangulaires de riz aux algues étaient bien au nombre de quatre. Et les deux aubergines étaient là. Je me suis senti allégé d'un poids, d'autant plus que la règle, j'en étais certain, allait elle aussi me rassurer. C'est une règle en acier inoxydable d'une longueur de quarante centimètres. Sur un côté non gradué, j'ai collé une bandelette de papier blanc, puis j'ai plongé l'instrument dans une brique de jus de fruits multivitaminé (A, C & E) entamée le matin même. J'ai attendu quelques secondes, le temps que ma sonde s'imprègne de liquide, puis l'ai retirée lentement. Je n'osais pas regarder. Huit centimètres, ai-je lu. Il ne restait que huit centimètres de boisson, contre quinze à mon départ... Quelqu'un s'était servi. Or je vis seul.

Mon inquiétude s'est remise à bouillonner. Par acquit de conscience, j'ai vérifié dans le carnet où je consigne les niveaux et quantités depuis plusieurs jours. Oui, ce matin, on en était bien à quinze... Une fois, il m'était arrivé de photographier l'intérieur du frigo, mais j'avais cessé de le faire ensuite. Négligence, crainte du ridicule… À ce moment-là, il faut dire, mes doutes restaient encore vagues, tandis qu'aujourd'hui, je n'en avais plus aucun. Je tenais une nouvelle preuve qu'il se passait effectivement quelque chose, la troisième preuve en deux semaines, et j'étais du genre rationnel, pas celui qui croit qu'un ectoplasme vient s'abreuver chez lui et finir les restes…

Mes premiers soupçons, nés voici plusieurs semaines, s'étaient rapidement dissipés. Mais quelque temps plus tard, ils étaient revenus de façon subtile, comme des moucherons vibrionnent dans l'air du soir et s'éloignent avant que l'on comprenne à quoi l'on avait affaire. Tout avait commencé par la certitude d'avoir acheté tel aliment que je ne retrouvais pas. Mon premier réflexe avait bien évidemment été de douter de moi. Il est si facile de se persuader qu'on a déposé un article dans le caddie au supermarché, alors qu'on en était resté au stade de l'intention. Qu'il est tentant de mettre les tâtonnements de sa mémoire sur le compte de la fatigue… Que n'a-t-elle pas excusé, la fatigue !?

La deuxième fois, par chance, j'avais conservé le ticket de caisse et pu vérifier que je n'avais pas eu la berlue : oui, j'avais bel et bien acheté le poisson brusquement volatilisé. Il était cependant difficile de tirer de cette constatation une conclusion claire, de passer de but en blanc d'une perplexité intriguée à un début d'explication. J'étais ébranlé. L'intérieur de mon frigo était en quelque sorte la matrice sans cesse recommencée de mon avenir : là m'attendaient les molécules qui me donneraient de l'énergie dans les jours suivants, sous la forme d'aubergines ou de jus de mangue, et que sais-je encore. Mes microbes, mes toxines et mes protéines de demain patientaient dans cette antichambre froide et l'idée qu'une main étrangère attentait à celui que je deviendrais, par des prélèvements aléatoires, me troublait au plus profond. Pire : cela me révulsait. C'était ni plus ni moins une sorte de viol.

*
* *

La nuit est passée sans rien entamer de ma perplexité devant la baisse de niveau du jus de fruits. Au matin, mon esprit tatillon s'est employé à assembler les pièces du puzzle. Dans ces moments-là, le cerveau enquête, reconstitue, recoupe, déduit, décompose, juxtapose, suppose, suppute, soupçonne. Jusqu'à ce que j'en arrive à maudire ce frigo gris Sanyo sur lequel un fabricant sournois a pris soin d'imprimer le slogan *Always being with you*. A-t-on jamais vu un réfrigérateur hanté ? Ou qui se nourrit en prélevant une part de son contenu ? À mon retour du travail, j'ai voulu chasser mon anxiété, car elle tournait lentement à la torture. À peine dix-huit heures : j'avais encore le temps de… C'était la dernière extrémité et je me sentirais probablement ridicule, mais au point où en était mon anxiété, le principal était désormais de savoir. Au diable mes habitudes, je dînerais sur le tard.

Une fois rhabillé pour sortir, chaussé, j'ai sauté dans un tram qui descendait vers Hamanomachi. Le magasin où je comptais faire l'acquisition de mon nouveau « piège » n'était qu'à deux arrêts et, si mes dons pour le bricolage se confirmaient, je m'endormirais plus tranquille.

Au reste, sans même que j'invoque un prétendu talent, l'installation du dispositif s'est révélée plus aisée que je ne l'avais pensé. L'activation de ce petit stratagème, qui reléguait à l'âge de pierre mes relevés frigorifiques, ne pourrait se faire que de mon lieu de travail, le lendemain. J'essaierais d'y être le plus tôt possible, dès huit heures. Agir me rassurait, mais j'en devenais impatient et, pour tout dire, un peu lunaire : je me suis rendu compte passé vingt et une heures que je n'avais encore rien avalé. Tant pis, pour une fois… Une théière chaude près du fauteuil, j'ai tenté de me divertir en regardant la télé, mais aucun programme n'a trouvé grâce à mes yeux, qui ne voulaient pas se fermer. J'ai ouvert alors la revue à laquelle je suis abonné et que d'ordinaire, je ne lis jamais. Page trente-sept, la photo d'un type horriblement ridé a attiré mon attention. « Tanabe Tomoji n'a jamais bu une goutte d'alcool », soutenait le journaliste. En parcourant l'article, je n'ai pu m'empêcher de penser quel imbécile ! Tanabe, le doyen de l'humanité, assure être arrivé à l'orée des cent treize ans en ne boulottant que des légumes et des gambas frites, de temps en temps, pour son plaisir. Quel boute-en-train. Le dernier plaisir de ce fossile vivant consistait à décortiquer une ou deux gambas. Il en mangeait d'ailleurs de moins en moins, car la cuisine à l'huile ne lui réussissait pas... Pauvre Tanabe ! Bientôt, tu seras accueilli au nirvana et tout ira mieux, tu verras : ils ont installé à l'entrée un stand de gambas frites où tu te goinfreras à l'œil et là, pas trop d'huile...

J'en souris, mais j'étais captivé, j'en avais cessé de songer à mon piège et je n'ai pas lâché l'article avant le point final. « Je suis heureux, confiait le vieux birbe. Je veux vivre encore dix ans. » Andouille !! Et j'ignore pourquoi, ensuite, oublieux de la journée qui s'achevait dans la rumeur de la circulation lointaine, je suis resté un temps dans la pénombre, en regardant sans la voir, par la baie vitrée, la baie tout court, ses bateaux sombres et le chantier naval.

Vous croyez dès lors que vous allez diluer votre moi et tous les sédiments qu'il charrie (amertume, soucis, regrets ou remords, jalousie) dans un sommeil de bébé, or la nuit dans laquelle vous vous engagez s'engage plutôt mal. Bien qu'égales à ce qu'elles ont toujours été, ni plus, ni moins, les cigales vous réveillent à peine avez-vous basculé dans un début de somnolence. Elles crissent et recrissent, les harpies, ivres, obsédantes, ou bien êtes-vous trop sensible, ce soir ? Les voilà qui entrent à la queue leu leu dans votre tête par une oreille, ressortent par l'autre et font le tour de votre crâne, à l'intérieur duquel elles s'engouffrent derechef, malignes, en vrille, en ligne, rieuses et moqueuses. Une violente averse les disperse tout de même avant l'aube, comme les manifestants vous ne savez plus où, chassés par des canons à eau aux infos de la NHK, hier soir. Mais comment vous assoupir en pensant qu'avec un simple double de clé, l'intrus, puisqu'il existe, peut s'inviter à tout moment chez vous, en compagnie de forts à bras de ses amis qui vous tabasseront et vous laisseront pour mort avant que vous ayez compris ce qui vous arrive ? Vous pensez : c'est à cause de toi, l'intrus, que je ne dors pas, que j'aurai un excellent mal de tête tout à l'heure, devant mes dépressions et mes anticyclones, mais tu ne perds rien pour attendre. Bientôt, ce sera ta fête. Tout est prêt. Je vais d'ailleurs me lever, il est déjà six heures trente.

*
* *

Un jour, il ne se passe plus rien. La corde du destin, d'avoir été trop tendue, a cassé net. Rien plus n'arrive. L'onde de choc de ta naissance est si loin désormais, oh! si loin. C'est la vie moderne. Entre échec et réussite s'étend ton existence. Entre gel et montée de sève. Je ruminais tout cela la semaine dernière dans le tramway, et ce matin, imaginer que ce constat n'est peut-être pas immuable me rend euphorique, là, à la même place dans le tramway, devant le même papier peint urbain. Le véhicule dévale, avale les arrêts, avale arrêt après arrêt des humains songeurs et taiseux occupés à décoder des rêves qui dépassent leur entendement. En dormant, auraient-ils vécu plus fort qu'éveillés ? Après une litanie de stations que je connais par cœur, Kankōdōri, Edomachi et Ōhato, Gotōmachi et puis Yachiyomachi, Takaramachi, je descends et prends une autre ligne. Parfois, je finis à pied, mais ce matin pas le courage, et puis, la hâte... Dès que je sors de cette chenille grinçante, les cigales prennent le relais tandis que je marche sous leurs arbres. Elles me commentent, scient mes pensées et les phrases qui se formaient, si bien que, une fois au bureau, je ferme les fenêtres, un petit moment, demandé-je aux collègues, j'ai eu une insomnie à cause d'elles et elles sont hystériques, ce matin, écoutez ça, c'est à se couler de la cire jusqu'aux tympans, et même, encore, quand tout est clos, elles nous retrouvent, ça perce les vitres et le béton, ça traverse les murailles, ces bestioles, et je repense alors à mon affaire : la caméra et mon passe-muraille à moi.

Je m'isole à mon poste de travail. Les collègues me croient absorbé dans l'étude des photos satellites reçues en fin de nuit ; c'est que je suis, comme eux, météorologue. Une fois l'ordinateur connecté et les programmes lancés, je consulte chaque matin les dernières cartes et les rapports envoyés par les stations. Puisque aujourd'hui rien n'exige que je me mette à la rédaction d'un bulletin d'alerte ou à quelque autre tâche urgente, j'ouvre une fenêtre au bas de l'écran, à droite. En quelques clics, j'active le piège. C'est fait... Comme par miracle apparaît la paix d'une cuisine où, tout à l'heure encore, je prenais le petit-déjeuner. Tout semble tranquille. Si j'étais l'époux d'une *femme d'intérieur*, je la verrais évoluer à distance. Avant de quitter le bureau, le soir, je saurais quel dîner elle nous prépare. La webcam que j'ai installée hier soir fonctionne on ne peut mieux. Sans bouger de mon siège, je suis un ninja invisible et immatériel qui épie son domicile. Me voici ubiquiste, sans effort. Mais le téléphone sonne, on me réclame. La réunion de service prévue pour dix heures est avancée, elle commencera d'ici peu. Peste, alors que j'aurais voulu concentrer toute mon attention sur le petit aquarium en bas à droite... Plus tard, la réunion achevée, je recommence à monter la garde et retrouve l'usage de mon troisième œil. Il est possible de relier ces minuscules webcams à son téléphone portable et voilà ce que j'aurais dû faire, si le mien n'avait été antédiluvien (trois ans). Pendant la réunion, je n'aurais pas perdu mon temps, j'aurais observé l'appartement tout en les écoutant s'écouter, se répandre et se reprendre... Si j'étais marié, je suivrais ma femme des yeux, soit que je la jalouserais, soit que je ne pourrais me séparer d'elle. Passant devant la caméra, elle lancerait un clin d'œil aguicheur à mon troisième œil, voire un baiser. L'après-midi, je saurais quelles copines elle reçoit, dans quelle tenue.

Mais aujourd'hui, ceinture de chasteté ou autre lien du mariage, la caméra n'est rien de tout cela. De l'intérieur du buffet vitré auquel je l'ai greffée, elle dévoile un panorama glaçant sur ma solitude et me donne des frissons si je m'y attarde. Heureusement, le téléphone sonne et un collègue me consulte, j'affine des cartes de météo marine : mon métier consiste à sauver des pêcheurs par anticipation, de Tsushima-tō à Tanega-shima et plus loin encore.

À mesure que la matinée avance, les cigales persévèrent. Je suis une pelote de nerfs ensorcelés par les cigales. Elles feraient avouer n'importe quel suspect.

L'appartement n'avoue toujours rien.

J'ai agrandi la fenêtre en bas à droite, la voici maintenant en mode « plein écran ». *Rien*, en grand format. Bizarre, pourtant. Comme si, maintenant que j'avais tout grossi et que je parcourais cette cuisine dans le détail... Un petit quelque chose me laissait perplexe. Était-ce la bouteille d'eau minérale en évidence sur le plan de travail ? Les experts sont gagnés parfois par une intuition comparable : le tableau qu'on leur présente est un faux, ils en ont l'intime conviction mais sont incapables d'argumenter. Ils reculent d'un grand pas, se rapprochent d'autant, et je passe la cuisine à la loupe de mon inquiétude. Cette pièce est un faux. La bouteille a bougé.

Pendant que j'étais 1) à la réunion, 2) aux toilettes, 3) au téléphone, 4) accaparé par un collègue et sa difficulté à interpréter un cliché. Suis-je bien sûr, au fond, qu'elle n'est pas à l'exact emplacement où je l'ai laissée ? Durant le reste de la matinée, je ne suis sorti que le temps d'acheter un *bento* au Lawson du coin, pour grignoter devant l'ordinateur, dix minutes d'absence que je compense maintenant en ne lâchant plus des yeux la table où je dînerai ce soir. Me voici comme un météorologue qu'on aurait assigné à résidence au cœur d'un anticyclone statique. En ouvrant la boîte contenant mon déjeuner, j'ai cru un instant, devant ces petits compartiments bien cloisonnés remplis d'aliments polychromes, observer l'intérieur d'une maison de poupée. Et je me suis dit alors, tu pourrais installer une webcam dans chacune de tes six pièces, découper l'écran en autant de fenêtres et ne plus faire que ça du matin au soir, scruter à distance le bento dans lequel tu vis.

Et voici l'heure de la pause. Les collègues désertent notre *open space* dont la climatisation est tombée en pâmoison et moi, préférant étouffer que souffrir les cigales, je boucle de nouveau les fenêtres, n'en laissant qu'une seule ouverte, sur mon ordinateur, tandis que je finis case après case le contenu de la boîte. La bouteille d'eau, n'était-elle pas un peu plus près de l'évier tout à l'heure ? De l'ordre de quinze, vingt centimètres il me semble... Je finis par m'en persuader, mais le vent change brutalement de direction. Tu fabules, à trop vouloir plaquer de la raison sur les vues de ton inconscient. Es-tu si certain, d'ailleurs, que des yaourts ont disparu ? Tu devrais porter plainte, tiens, aller au commissariat central : on m'a volé trois pots de yaourt ces derniers mois. Allez, du calme... Tu es à cran, ces temps-ci.

L'après-midi, je discutais avec deux nouveaux collègues qui n'avaient pas trouvé mieux que de se pendre à mes basques. Pendant que je leur expliquais comment utiliser un programme de conception de cartes, l'envie m'est venue d'en saisir un pour cogner sur l'autre, qu'ils sachent à quel point ce n'était pas le moment de m'importuner. Cela devait se sentir à mon ton cassant, notamment quand l'un d'eux m'a demandé à quoi servait la webcam au bas de l'écran, *là*. J'ai éludé, continué à fournir des éclaircissements tout en louchant sur la cuisine. Ils devaient me prendre pour un obsessionnel ou pour un casanier dépressif. Ou était-ce le logis de sa vieille mère, qu'il surveillait à distance ? J'en étais à argumenter avec ces deux-là, quand le rectangle, en bas à droite, s'est légèrement assombri. Une forme évoluait sur l'écran, tassée (la caméra grand angle écrasait ce qui était dans son champ, je n'aurais pas dû la percher si haut) et à contre-jour ; durant quelques instants, elle a éclipsé pour partie la fenêtre sur la rue. Tout en répondant aux deux types, je constatai que j'avais affaire à une femme qui, d'après sa coiffure et sa complexion menue, ne devait plus être toute jeune. Elle n'a fait que traverser la pièce et je n'ai aperçu son visage qu'en profil perdu, autant dire que je n'ai rien distingué de précis. Ne voulant pas trahir mon trouble, je me suis retourné vers les casse-pieds pour énoncer des banalités en forçant sur le mode détendu. C'était idiot. La forme, dès que je suis revenu à elle, avait quitté le champ de la caméra. Les deux collègues m'ont remercié et laissé à ma cuisine vide, comme si j'avais été le jouet d'une hallucination. Sans doute allait-elle repasser dans l'autre sens, patience.

Mais non. Dix minutes, un quart d'heure. Il aurait été absurde d'appeler la police, et pour quoi d'ailleurs : une silhouette évanouie ? J'entends le flic, bredouille après une visite d'inspection chez moi : Peut-être êtes-vous marié dans une dimension parallèle, Shimura-san, ou bien avez-vous cru voir enfin celle que vous auriez aimé épouser ? (Puis, s'approchant de moi, endossant l'habit du psychiatre :) Une fille de votre adolescence, qui vous a humilié vous aussi ? Dont vous gardez intacts les traits superbes au fond de votre mémoire ; mais ce souvenir si fort est bien mal garé et provoque un bel embouteillage dans votre crâne... Ou bien est-ce un elfe des légendes qui a élu domicile chez vous ? On est tous comme vous, monsieur Shimura, on voit tous des elfes, pour tenter de s'en sortir. Et puis, sur un ton de complicité grivoise, avec une voix feutrée et le sourire idoine, il m'exposerait sa petite idée, une prostituée ou une junkie, n'est-ce pas, avouez, ou alors une masseuse dont vous vous êtes entiché puis lassé, c'est humain, elle s'accrochait à vous car elle n'avait nulle part où aller, aussi vous êtes-vous débarrassé d'elle en invoquant la violation de domicile, le cambriolage...

Non ! Je ne voulais pas entendre ce genre de sornettes. Il me fallait une preuve. Les policiers n'arrêtent pas les courants d'air... J'ai fermé provisoirement la fenêtre *cuisine*, sur l'écran. Les collègues ont rouvert celles des bureaux et les cigales ont fait irruption par dizaines. Saleté. Derrière elles, les corbeaux ressassaient le même son, *Quoi, Quoi*. Et sur les flancs de ce chœur, solistes, les cloches d'Urakami, des sirènes de policiers à la poursuite des elfes.

26

À ma descente du tram, les cigales sont toujours là à me tourmenter, harpies lâchées sur moi, agitant leurs maracas sous mes oreilles. Invisibles, imprimant leur rythme à ma marche vers la folie. Entrer chez moi me fait peur. De loin, la serrure n'a pas l'air fracturée. Si c'est rassurant ? Je ne sais dire. La vieille Ōta, toujours en vigie, me voit planté sur le trottoir et m'interpelle. De temps en temps, comme ça, elle me fait signe d'approcher et nous devisons de choses et d'autres. Un jour, elle m'a dit que je lui rappelais son fils. Même génération, même maintien de vieil enfant sage, mais lui est père de famille et vit loin, il ne vient qu'une fois l'an. Ou une seconde fois si je viens à décéder, plaisante-t-elle. Encore à mes préoccupations de l'après-midi, je m'attends à ce qu'elle me dise d'une voix théâtrale, comme elle le fait pour pimenter les ragots du quartier, je l'ai vue sortir de chez vous ! Or non, elle veut encore causer de tout et de rien, si bien que c'est moi qui finis par poser la question, mais au haussement de ses sourcils, je comprends qu'elle n'a rien remarqué d'anormal, elle s'en veut presque : *pourtant je n'ai pas bougé d'ici, sinon pour les courses du matin.* Ai-je donc rêvé cette forme, sur mon écran ? Est-ce qu'une webcam, à force de balayer le Formica d'une cuisine, n'en vient pas au bout d'un temps à filmer *aussi* les esprits des lieux ? Les *kamis*. Ou bien les spectres qui vont et viennent dans un espace qu'on présume désert ? Est-ce que la « rétine » d'une caméra ne devient pas, avec le temps, sensible à ce que l'œil humain ne discerne pas, comme un chien capte les ultrasons que les oreilles de son maître ne perçoivent pas ? Alors que je fais mine de repartir, Mme Ōta me coule un regard de biais. Pourquoi donc ? J'aurais dû voir quelqu'un, aujourd'hui ? Vous avez reçu de la visite ? Sur quoi je me compose un air gêné, soupire légèrement et souris :

— Je crois que je deviens soupçonneux. Une ancienne femme de ménage qui, je pense, a conservé un double de mes clés. Je l'ai vue rôder dans le quartier, ce matin. Alors…

— On devient vite soupçonneux.

— À une époque comme la nôtre.

— Mais vous avez eu une femme de ménage, Shimura-san ?

— Euh, ça n'avait pas duré bien longtemps…

— Et vous n'aviez pas confiance…

J'ai botté en touche. Je lui inventais du plausible pour l'inciter, sans le lui demander, à redoubler de vigilance les jours suivants. Quelle déité exigeait pour offrande un yaourt, une prune confite ou du riz aux algues ? J'ai beau avoir été élevé dans le catholicisme, je vais régulièrement nourrir nos kamis à l'autel du quartier et je n'imaginais pas un instant qu'ils viennent se servir chez les particuliers.

— Je l'ai probablement aperçue, remarquez, votre femme de ménage. Il y a de ça un mois, environ, j'ai vu une silhouette dans votre cuisine, en pleine journée. Je me suis dit tiens, et me suis souvenue que vous aviez une sœur, qui vous rend visite de temps en temps. Et peut-être qu'il fréquente, je me suis dit aussi. Peut-être qu'il fréquente.

Son visage poupin était empreint d'une grande douceur. Mme Ōta me voulait manifestement du bien, mais j'ai démenti, avec un rire gêné qui était censé cacher mon embarras.

— J'avais cru… Notez que le temps passe, M. Shimura. Pour vous aussi ! Vous devriez fréquenter, sinon vous passerez vos vieux jours tout seul…

Après avoir fait coulisser la porte, j'ai tendu l'oreille. Je ne ressentais rien de connu. Soit l'attention de la vieille Ōta s'était relâchée pendant l'après-midi, soit la forme que j'avais entrevue s'était esbignée par une fenêtre de derrière, furtivement, tel un guerrier ninja qui se matérialise en un point donné ou disparaît de la même façon, soudain et sans un bruit. Rapidement, j'ai inspecté les fenêtres et constaté que l'une d'entre elles, dans la chambre d'amis, n'était pas bloquée. Oui, elle avait fort bien pu s'esquiver par cette pièce, qui ne donne sur rien de proche, sur aucune Mme Ōta. Rien que sur les monts d'en face, cuirassés de toits gris qui évoquent toujours, pour moi, les écailles d'un monstre. Et ce monstre s'endormait. J'ai enclenché la targette en me jurant de vérifier chaque matin que les fenêtres étaient bien immobilisées. Une fois les stores abaissés, je me suis senti mieux, quoique vaguement sur le qui-vive. Je songeais à la silhouette que la mère Ōta avait aperçue, le mois dernier. À mesure que la soirée avançait, mes pensées s'éparpillaient. Impossible de les regrouper pour qu'elles forment un ensemble cohérent. De guerre lasse, je me suis préparé un repas très chiche et il m'en a coûté d'ouvrir le frigo. Car, de nouveau, un pot de yaourt avait disparu. J'avais suffisamment d'indices pour établir le régime alimentaire de l'intruse, c'était grotesque. C'était me narguer un peu trop. Je n'étais plus chez moi.

L'un après l'autre, j'ai ouvert les tiroirs du salon et de ma chambre. Rien n'avait disparu, les quelques objets de valeur étaient là. Et ce constat, qui aurait dû me rassurer, n'a fait qu'accentuer mon inquiétude. J'avais affaire à un cas *anormal* et j'ai senti passer sur moi l'ombre de la peur.

Qu'était-elle venue faire ici ? Un soir, la reine d'Angleterre s'est retrouvée nez à nez avec un inconnu, dans sa chambre. Le type avait déjoué tout ce qui était à déjouer autour du palais et s'était introduit par la fenêtre, après quoi il avait attendu benoîtement sa souveraine. Comme ça, pour parler un peu. Aurais-je donc, moi aussi, une fan ? Les besogneux anonymes, comme moi, auraient-ils enfin droit à des groupies ? Avant-hier, à la pause, je suis parti à la pêche aux ami(e)s sur le réseau Facebook. Je formule toujours mes demandes de contact de la façon suivante : Si vous êtes vous aussi de la région de Shimabara..., ou bien : Si vous habitez Nagasaki, comme moi... Autant pêcher au moulinet dans des eaux troubles... Lassé par l'aspect aléatoire de telles recherches, que j'entreprends davantage pour me donner des frissons que pour découvrir réellement l'âme sœur ou ses cousines, j'ai tapé les noms et prénoms de deux acteurs parmi les plus médiocres, *has been* depuis le commencement de leur carrière. L'un et l'autre, qui n'ont jamais dépassé le stade des films de *yakuzas*, avaient des groupes de trois à quatre mille *fans*, les bras m'en sont tombés.

Baste. Après deux Sapporo bien fraîches, tout va mieux. Je ne sens même plus le besoin de téléphoner à ma sœur. J'allume la télé, parcours les chaînes et passe quelques minutes devant un documentaire sur Hiroshi Ishiguro, le chercheur en robotique qui a conçu un androïde à son image. Dans une vingtaine d'années, dit une voix hors champ, beaucoup de robots à visage humain (féminin !) occuperont des emplois de réceptionnistes. Mais le plus dur, pronostiquent les experts, sera de dépasser la « vallée mystérieuse » – sensation désagréable que l'on éprouve en remarquant que l'androïde n'est pas parfaitement comme nous. Pas de la « famille ». Sans doute pour quitter cette vallée mystérieuse, j'enchaîne sur un divertissement, un jeu en direct de Niigata,

et ne me rends compte du temps passé assoupi que lorsque la publicité m'éveille. QUATRE ACTIONS ANTI ÂGE POUR HYDRATANT INTENSIF ! clame la beauté aux cheveux roux, à deux mètres de mon hébétement. Accorte réceptionniste de la vallée mystérieuse… Je vais m'étendre sur la natte, mais quand je tâche de m'endormir, en énumérant comme chaque soir les règles d'or d'un monde idéal, fiasco. Et le fiasco s'éternise. J'ai beau promulguer des décrets, ce soir ma société aux mensurations de rêve n'a aucun pouvoir sédatif. Plus tard, des rêves hachent mon sommeil. L'inconscient entre en éruption. Le passé s'écoule par des failles cachées et des prénoms subitement portés à incandescence me reviennent en mémoire. Hizuru, Mariko ou Fumiko, divinités oubliées qui reparaissent avec un rire moqueur pour me le dire : Nous sommes toujours là, tu ne nous chasseras pas facilement. À mon réveil, elles auront réintégré leurs oubliettes en laissant derrière elles, comme chaque fois, une pellicule d'anxiété.

Avant de sortir, je me suis assuré que la caméra fonctionnait et que toutes les issues étaient bouclées. Évidemment, la femme avait sans doute fait faire un double de la clé, et si elle tenait à revenir... La seule solution, pour ma part, consistait à ne pas relâcher ma surveillance. Au fil de la matinée, à force de guetter, j'ai commencé à me rassurer. J'avais soigneusement tout vérifié, tout était bien fermé chez moi. Nul ne pouvait entrer. Aucun passe-muraille ne s'octroierait de passe-droit. Je reprenais confiance. Sans abandonner un instant ma place, je réussissais à travailler presque normalement. Personne ne me dérangeait ; aucune réunion n'était au programme. Je m'étais acheté un bento, un paquet de prunes marinées dans du sel et deux Kirin au Family-Mart en bas de chez moi, pour déjeuner seul ici dès que les collègues se seraient égaillés, à la pause. Il était onze heures trente, maintenant, et tout allait pour le mieux. Et tout aurait pu durer ainsi jusqu'à l'heure de sortie des bureaux. Soudain – j'avais quitté ma cuisine des yeux quelques secondes afin de modifier la dernière carte en date de la mer intérieure –, j'ai surpris une forme, et cette forme ressemblait fort à celle de la veille. Mais cette fois, elle ne bougeait pas. Comment avait-elle pu ?? C'était de la sorcellerie. Je n'y comprenais rien. Debout, près de la fenêtre ensoleillée, elle remplissait d'eau la bouilloire. Je la tenais. Sans réfléchir, j'ai décroché et composé un numéro d'urgence. Police ? Je parlais fort et, parlant fort, ne m'apercevais pas à quel point j'ameutais le bureau. Des collègues que d'ordinaire rien ne détournait de leurs écrans (À quoi bon mettre au point de coûteux robots, puisqu'ils existent déjà ?) allongeaient le cou, haussaient les sourcils, échangeaient des regards à ce seul mot prononcé sur un ton empressé, anxieux, *police ?* comme si un crime venait d'être commis dans notre service, qui leur avait échappé et dont ils avaient révélation en tendant l'oreille. Police ? Shimura Kōbō à l'appareil. (J'ai décliné mon adresse personnelle.) Quelqu'un vient de s'introduire chez moi. (Et je me suis gardé d'ajouter *pour boire un thé*). À l'instant. Je la surveille – c'est une femme – grâce à une webcam. Non, elle ne semble pas armée et évolue sans méfiance... Je suis au travail, à l'autre bout de la ville. Non, je ne pourrai pas venir rapidement,

34

prenez un passe ou autre chose pour la porte d'entrée, et tenez-moi au courant… Oui, naturellement : je passerai au commissariat pour la plainte, dans deux, trois heures environ.

J'ai raccroché. Les collègues assis à proximité se sont attroupés autour de moi en écarquillant les yeux et en s'excusant presque d'avoir entendu malgré eux, ils ne voulaient pas, n'auraient pas dû, mais c'était extraordinaire. Sans doute espéraient-ils que je leur fournirais suffisamment d'éléments pour étancher leur curiosité, qu'ils aient de quoi raconter dans la soirée, chez eux. Ils sont restés dignes, multipliant les ah et les oh d'une compassion dont je n'avais pas besoin. Tous louchaient sur la cuisine que j'avais agrandie et, dans la cuisine, sur la femme de profil qui ignorait nos regards et sa célébrité subite. Et puis, comprenant à l'amphigouri que je leur infligeais que je n'étais pas en mesure d'être clair, ils se sont retirés avec de légers hochements de tête, me laissant seul enfin. D'après la pendulette de l'ordinateur, j'avais raccroché depuis trois minutes.

Et elle était toujours là. L'eau, maintenant à la bonne température, coulait dans la théière d'où s'élevait de la vapeur. Elle avait puisé dans ma réserve de *bancha* – le thé du soir qui ne m'empêche pas de dormir –, dans la boîte marquetée que je m'étais offerte l'année dernière à Hakone. L'air était sensiblement plus supportable que la veille ; les cigales avaient baissé d'un ton ; et je ne comprenais rien à ce qui se passait chez moi. Tout paraissait paisible. Une projection de l'existence à deux que tu aurais pu mener, voilà ce que les agents allaient arrêter, me suis-je dit. Un reflet de tes chimères. Pourvu qu'elle ne bouge pas de là... Si elle se préparait un repas, elle en aurait pour un bon bout de temps, suffisamment, en tout cas, pour qu'ils la prennent au piège. Elle était là, biche au centre d'une clairière, ignorant que le loup l'avait repérée. Le temps tombait goutte à goutte et je retenais ma respiration. Elle est foutue... Mais le ciel vint à se découvrir et le soleil envahit la cuisine. La femme, qui emplissait de riz l'autocuiseur, releva la tête vers la fenêtre. Comme ce soleil du matin lui était doux ! Comme il répandait ses bienfaits... L'inox de l'évier en scintillait. Elle était de trois quarts et tout d'un coup, je n'ai plus remarqué d'elle que sa nuque ambrée, cambrée, le cou élégant surgi des mains expertes d'un potier. Et ce cou descendait couleur de sable vers une poitrine cachée, galbée de deux petites dunes. Au-delà de la vitre, la femme regardait le soleil miraculeux. Paupières mi-closes, elle se laissait inonder par ce cadeau du ciel ; son visage, qui n'avait plus sa jeunesse, et pour tout dire n'avait guère de charme, accueillait sans résistance les rayons qui succédaient aux rayons pour elle toute seule, après être partis qui sait quand d'une étoile à cinquante millions de kilomètres d'elle. Oh ! Peu lui importait, à cet instant précis, de n'avoir ni charme ni jeunesse, je le savais bien. Elle était seule, croyait-elle, et tout à son enchantement. Les yeux toujours à demi fermés, elle souriait. Et je me suis dit alors elle doit souffler, se remettre qui sait de quelles peurs et souffrances ; elle s'abandonne. Peut-être, même, est-elle heureuse. Si elle savait ! Oh ! Son sourire... Il me faisait mal, tout à coup. Frapper l'écran de l'ordinateur pour attirer son attention... Qu'avais-je fait... J'ai saisi le combiné. À la première sonnerie, elle a tourné la tête, comme tirée d'un rêve agréable. Puis elle a vite repris sa position antérieure. Mais réponds !! Dépêche-toi !! Il fallait que j'insiste jusqu'à ce qu'elle comprenne que l'appel était pour elle. Je me suis opiniâtré ; rien à faire. Comment se serait-elle doutée ? Comment imaginer moi-même que, l'ayant attirée dans un piège, je tâchais de l'en extraire avant qu'il se referme sur elle ? Elle surveillait la cuisson du riz et le temps d'infusion du bancha, malgré mes sonneries. Dix, onze...

Lui crier foutez le camp avant qu'ils arrivent et ne revenez plus ! Ou alors, plus lapidairement, ils arrivent ! Elle allait bien finir par comprendre. Un coup d'œil à ma montre. La trotteuse faisait sa ronde, le temps ne s'était pas arrêté. La femme profitait des rayons avant le prochain nuage et moi qui avais envie de lui hurler mais faites vite, sans quoi vous ne le reverrez pas de sitôt, le soleil...

De dépit, je finis par raccrocher. Puisque tu préfères les flics attends-les donc. Tu peux même leur verser du thé, prévois trois ou quatre tasses, tu sais où elles sont. Il n'y a plus rien à faire. Les secondes s'égouttent, le soleil s'éclipse. Elle s'affaire à son riz puis boit une gorgée. Ses yeux sont grands ouverts maintenant, le sourire qui s'était épanoui pendant l'éclaircie s'est évanoui. Et si je retentais ? Elle va pour saisir la

mais tressaille. La voici en arrêt. La biche a perçu un danger. Et maintenant elle recule, son visage change d'expression. Recule et disparaît du champ de la caméra. Lui reste-t-il assez de temps pour filer ?

*
* *

38

Comme je l'apprendrais plus tard lorsqu'un inspecteur me rappellerait, les agents avaient trouvé porte close chez moi. Aucune fenêtre ouverte, ce qui les avait étonnés. Après avoir forcé la serrure, ils avaient été plus intrigués encore de ne mettre la main sur personne à l'intérieur. Or tout était bien fermé. Croyant à une farce, ils avaient failli repartir tout de suite. L'auteur de cette plaisanterie l'aurait payé cher, monsieur Shimura, me ferait-il remarquer. Par acquit de conscience, toutefois, ils avaient fouillé chaque pièce. C'est dans la dernière, la chambre aux tatamis, qu'un de nos hommes l'a découverte, tout au fond de l'*oshiiré*, le placard à futons. Il n'avait rien vu de prime abord, parce qu'elle s'était hissée dans la partie supérieure et se tenait blottie dans la pénombre (il n'avait pas ouvert complètement). C'était une bête pétrifiée, qui ne pouvait articuler le moindre son. Oui, ne restait d'elle qu'un animal ramassé au mieux sur lui-même, l'agent n'avait jamais vu ça.

Ensuite, l'inspecteur me demanderait quand je comptais passer, le plus tôt étant le mieux, pour lire et signer la plainte. Je ne l'entendrais pas sur le coup et réagirais avec un doigt de décalage, en fin d'après-midi, je fais au plus vite.

Longtemps après que la femme eut disparu de mon écran (cela avait dû coïncider avec le moment où ils forçaient la serrure), mes yeux sont restés fixés sur la cuisine, par cette lucarne hypnotique de quoi, dix centimètres sur quinze ? C'était fini. Au centre du champ de la caméra, qui continuait de filmer comme si de rien n'était, les ustensiles, les appareils ménagers sur le plan de travail attendaient le retour de l'intruse. Comment l'appeler autrement ? Sa tasse de thé, l'autocuiseur Zojirushi oblong et blanc comme un œuf d'autruche ou un astronef pour lilliputiens, sur lequel elle avait déposé ses empreintes digitales et puis, sans aucun doute, quelques cellules mortes. Bien que mortes, elles fourmillent d'atomes dont les électrons eux aussi vibrionnent, avec leurs troupeaux de quarks et de protons dont les propriétés physiques, qui nous échappent, recéleraient la clé de tout. La clé de l'univers et de la vie. Ainsi, peut-être, si je tenais à m'expliquer un jour ce qui s'était passé chez moi, devrais-je recueillir dès aujourd'hui ces cellules fossiles et les étudier.

Il a fallu que je m'arrache à cet état d'hébétement, qui formait un drôle d'alliage avec ma tristesse – et pas n'importe quelle tristesse : celle dont j'étais gros producteur et même, m'avaient dit plusieurs femmes au moment de me quitter, grand exportateur.

Je n'allais tout de même pas chialer à la vue de mon autocuiseur, et puis un collègue venait de me poser une question délicate : Alors ? J'aurais pu répondre qu'on venait d'arrêter chez moi une femme d'un âge certain qui s'apprêtait à manger du riz blanc, mais j'ai tourné ma phrase différemment, avec des mots comme intrusion, violation de domicile voire cambriolage, me gardant d'ajouter que rien n'était clair et qu'au lieu de me rassurer, cette confusion ne faisait qu'augmenter mon inquiétude...

La pièce dans laquelle ils l'ont *capturée* est la dernière au bout de la galerie qui longe le jardinet entre chez moi et la demeure mitoyenne, jardinet dans lequel ne poussent que deux arbustes, deux massifs de fleurs et une lanterne de pierre. Pièce de six tatamis où je ne vais que rarement, la réservant aux proches de passage, qui ne passent pour ainsi dire pas. Dans le placard où elle s'était embusquée en espérant leur échapper, je n'entrepose que futons, couvertures et oreillers, dans la partie inférieure. En haut, rien. Quant à la pièce en soi, elle reste vide. Une lampe de chevet en bois noir et papier blanc veille sur ce vide mais ce phare ne s'allume presque jamais : la dernière visite, celle de ma sœur et de son époux, remonte à plus d'un an.

« L' an deux mille huit,

« Le dix-sept juillet à dix-huit heures dix,

« Nous, Terajima Masako, en fonction à Nagasaki,

« Étant au service, constatons que se présente à nous la personne ci-dessus dénommée qui nous déclare : -- -- --
----
"Ce jour, vers 11 h 30, j' étais au travail, à la station météorologique de Nagasaki -- -- -- -- -- -- -- -- -- -- --
-- -- -- -- --"

-- -- -- -- -- Après lecture faite par lui-même, le déclarant persiste et signe avec nous le présent. »

J'ai commencé à lire dans le détail. Une femme que je ne connaissais pas encore en m'éveillant ce matin, une policière, avait été payée pour rédiger un pan microscopique de ma biographie et s'était exécutée avec minutie. Ce que j'avais expliqué dans le désordre au téléphone, en fin de matinée, elle l'avait

saisi au vol et retranscrit. Oui, un seg-
ment de ma vie, infime, mais dont je
savais qu'il compterait pour moi jusqu'à
ma dernière heure. Et bien que je fusse
un anonyme, elle avait accompli son
devoir avec brio, j'aurais aimé la félici-
ter. J'étais ému. C'était *ça*. Je relisais lentement et dans un murmure, mais je
sentais que derrière le paravent de sa
courtoisie, elle s'impatientait un peu, et
j'ai signé. Ensuite, je lui ai posé quelques
questions sur l'intruse. « Vous allez être
surpris, Shimura-san… C'est une affaire
bien singulière… La presse, d'ailleurs,
s'en est déjà emparée… » La presse ? Elle
a opiné en répétant sur le même ton :
« La presse. » Et elle m'a tendu le compte
rendu d'interrogatoire de la femme.

La dénommée… reconnaît…

Par-derrière la voix de celle qui s'était
glissée chez moi, et dont toutes les phrases
étaient consignées là sous mes yeux,
j'entendais au loin des sirènes d'ambu-
lances, les plaintes des freux puis le trille
des trams à l'heure de pointe. Vous allez
être surpris, Shimura-san…

Ma clandestine avait cinquante-huit
ans, ai-je lu, deux de plus que moi.
Lorsqu'elle avait fait son apparition sur
mon écran, je lui avais donné un peu
moins. Quant à son nom de famille, il était
aussi banal que le mien. C'était une

chômeuse de longue durée, d'une durée si longue qu'elle était devenue une *fin de droits*. Naguère, elle avait habité un quartier lointain, où je n'avais pas dû mettre les pieds plus de deux ou trois fois. Privée de revenus, elle avait résilié le bail de son appartement. Ensuite, ne pouvant supporter d'être dans son quartier la sans-toit, la sans-le-sou, elle était partie.

Mais que m'importait tout cela ? J'ai relevé des yeux dubitatifs vers la policière. « Continuez jusqu'à la page suivante… » Sans doute estimait-elle que je progressais trop lentement dans ma lecture – je lis il est vrai assez peu et puis, je tâchais d'assimiler les détails, de trouver un indice éclairant dans tout ça… Toujours est-il qu'elle a pris le relais avec sa voix haut perchée de trentenaire. Peut-être, par envie d'énoncer à un météorologue tout ce que, dans sa vie, il n'avait pas su prévoir. Ainsi a-t-elle commencé par une formule de conte : Un jour.

— Un jour, passant devant chez vous alors que vous en sortez, elle constate que vous ne fermez pas à clé. S'arrête un peu plus loin en faisant mine d'attendre un tram, mais vous suit des yeux. Il est tôt, vous avez tout d'un *salaryman* qui se rend au bureau. Vous descendez la rue et disparaissez de sa vue. Il ne fait pas bien chaud et commence à pleuvoir. Après avoir tergiversé, elle se décide. Frappe à votre porte et, n'obtenant pas de réponse, se dit qu'elle peut y aller. Elle entre. Dans le vestibule, demeure en alerte quelques instants. Tout ce qu'elle cherche est un peu de repos dans un endroit propre et correctement chauffé, or elle a tout ce qu'il lui faut.

— Chaud ? J'ai coupé le chauffage en mars !

— Et moi, je vous parle du mois d'octobre. Nous sommes à l'automne dernier. Ne m'interrompez plus, je vous prie... De votre allure, de votre tenue, elle a déduit que vous occupez un emploi et que vous êtes parti pour la journée. Elle s'assied au salon pour souffler : une petite pause, là, sur le canapé. Ensuite, elle repartira. Son corps se détend. Et voici qu'épuisée par le manque de sommeil, elle s'assoupit. À son réveil, elle sursaute. Où est-elle ? Elle se souvient, puis tend l'oreille mais n'entend rien. Quoi ?? Trois heures ont passé ! Tant pis. Elle se sent nettement mieux. On est à la mi-journée et elle répugne à s'en aller déjà. Comme cela fait du bien, enfin, un toit, un intérieur... Encore un peu... Pour quoi pour où s'arracher à ce lieu... ? Elle n'a plus de famille ; ses derniers liens avec le monde, ce sont quelques ex-collègues avec qui elle n'ose renouer tant qu'elle ne mène pas une vie décente. Dans la cuisine où vous la surprendrez plus tard avec votre webcam, elle se fait un thé pour la première fois et ouvre le réfrigérateur.

« Dans la partie supérieure de l'oshiiré où elle s'était embusquée à l'arrivée de la police, les agents ont retrouvé une natte déroulée, une couverture, deux bouteilles en plastique, quelques affaires de toilette et un peu de linge de rechange. Il faut vous dire, monsieur Shimura, mais vous l'avez sans doute compris depuis un moment, que cette femme a vécu chez vous près d'un an à votre insu, dans cette pièce où, comme elle l'avait constaté, vous n'alliez pas. Oui, près d'un an. Elle n'avait pas élu domicile uniquement chez vous, notez bien. Elle avait deux autres adresses où dormir incognito, de temps à autre. La première était le pavillon d'un voyageur de commerce célibataire, fréquemment absent, qui avait pour habitude de reporter sur un calendrier en évidence dans sa cuisine, son planning de déplacements des semaines à venir. Elle ne négligeait pas d'en tenir compte... De même, elle avait fait son nid chez une vieille dame à moitié sourde, laquelle, depuis qu'elle était veuve, ne vivait plus qu'au rez-de-chaussée. Ayant fait fabriquer un double de la clé, elle entrait et sortait à sa guise, de soir comme de nuit, dès que la vieille dormait à l'arrière du logis. Cependant, comme elle l'a avoué, c'est chez vous qu'elle a passé le plus clair de son temps. À ses yeux, les autres repaires étaient plutôt des solutions de substitution. »

Près d'un an. Soudain, je n'ai plus entendu la fonctionnaire de police. Ça se brouillait dans ma tête. Je me remémorais tous ces soirs, toutes ces nuits quand je m'étais cru seul à l'abri du monde. Dans une bulle. Tanière, terrier, antre. Dans mon trouble vibrait un début de colère, sans que je sache avec exactitude à qui je dédiais cette colère. Oui, cela se brouillait tant et si bien que pendant peut-être trente secondes infinies, les bruits extérieurs – paroles de la policière, éclats de voix dans les bureaux, cigales, sirènes – se sont amalgamés en un bourdonnement et mes yeux n'ont plus vu que des abeilles, ou plutôt les alvéoles d'une ruche ; tout était grisâtre avec des picotements lumineux, j'avais des tremblements de plus en plus forts au bout des doigts et des orteils, je perdais sans douleur le contrôle de mes extrémités. Je me sentais partir progressivement, vers où, je l'ignore. Et puis, j'ai réussi à prendre une inspiration, puis une deuxième, plus profonde, et mon malaise s'est dissipé peu à peu ; la femme qui me parlait, dont la voix s'était singulièrement éloignée, est revenue. J'ai regagné le réel.

« Elle vivait chez vous depuis l'automne dernier. Et si, pendant longtemps, vous n'avez rien remarqué, c'est qu'elle avait élevé la discrétion au rang d'art de la survie. Peu à peu, pourtant, elle a dû se sentir plus en confiance et a pris ses aises. Vous l'aviez remarqué, elle prélevait de temps à autre un aliment dans la cuisine, pensant que, comme tout le reste, cela passerait inaperçu.

« Mais j'en reviens au jour de son arrivée. Elle inspecte les pièces. À certains éléments qui ne trompent pas, elle a compris que vous vivez seul. Elle jette un œil ici et là puis longe une galerie qui mène aux toilettes ; découvre alors l'endroit où elle va élire domicile. Cela commence comme ça, raconte-t-elle : elle ouvre grand l'oshiiré et l'inspecte. Tout est si bien plié, en bas. Rien ne semble avoir servi depuis une éternité. C'est une chambre surnuméraire, en attente de visiteurs. Elle a comme une révélation : ces lieux, c'est elle qu'ils attendaient. Le soleil écarte les nuages et cogne à la fenêtre, qu'elle entrouvre ; il dessine un rectangle tiède sur la natte de jonc. Elle s'assied parmi les rayons. Il fait bon. Plénitude ? En tout cas torpeur, et c'est dans cet état que du temps passe et que, dans son esprit, des idées s'accouplent jusqu'à n'en former qu'une : rester. Un peu. Le soleil est si doux, sur les tatamis, qu'elle s'imagine s'installant ici. Elle devrait essayer le placard, cette nuit. La voilà qui prend une douche, la première depuis longtemps. Propre, elle rajeunit d'un coup. Ce sont ses mots. Elle se décide à passer une nuit chez vous, le temps de reprendre des forces. Plus tard, juchée dans son repaire, elle vous entend rentrer... »

*
* *

Ils m'ont remis le double de la clé trouvée sur elle. Je les ai remerciés d'un hochement de tête. La serrure allait être changée de toute façon dans la soirée et cette clé ne serait plus d'aucune utilité. La nuit commençait à tomber lorsque je suis arrivé chez moi. De l'autre côté de la baie, un diadème de lampadaires et de phares délinéait le rivage. Sans allumer, je suis resté un moment debout au salon, le temps de trouver la force d'ouvrir la porte de la cuisine. Et puis, je l'ai fait. Le jour allait s'amenuisant. Il détourait encore la théière, la tasse à demi pleine de bancha, l'autocuiseur et un yaourt. La police n'y avait pas touché. Et derrière la vitre du buffet, la caméra m'observait. Cela n'a duré qu'une seconde, mais j'ai eu le temps d'imaginer qu'un individu suivait mes évolutions grâce à elle, à l'instant même, et décrochait son téléphone pour avertir la police de ma présence chez lui. On me prenait sur le fait dans la cuisine, puis on me jetait dans une cellule. Cet homme, ensuite, rentrait chez lui et rangeait ce que j'avais déplacé. Et pendant ce temps-là, l'œil d'un autre type, qui se croyait le véritable propriétaire des lieux, suivait ses agissements par la webcam et décrochait à son tour un téléphone.

Au lieu de ça, le gobelin femelle qui avait surgi et resurgi sur mon écran avait été pris dans mes rets. Les objets qu'elle avait laissés en plan, ce matin, évoquaient une photo retirée trop tôt du bain révélateur. Cette nature morte d'ustensiles avait quelque chose d'Herculanum surpris par les gaz asphyxiants, et elle m'a fait soudain horreur. Par un phénomène d'associations, elle m'obligeait, je ne sais comment, à me pencher sur mon passé. Tous ces jours dont je ne conservais pas le moindre souvenir… Le 10 octobre 2006, par exemple. Qu'avais-je fait ce jour-là de plus ou de mieux que le 1er mars 2003 ? En météorologue, je cultivais une bonne mémoire des événements du ciel, mais de moi-même, ici-bas, que restait-il ?

Il y avait plus. Par une sorte de « soupirail » que la présence de cette femme avait entrouvert dans ma conscience, j'y voyais un peu plus clair. Je comprenais que cette année commune, à elle et moi, même si elle m'avait ignoré et que je n'avais rien su d'elle, allait me changer et que je n'étais déjà plus tout à fait le même. En quoi, je n'aurais pas su le définir. Mais je n'en sortirais pas indemne. Et par la baie vitrée du salon, regardant la ville qui s'endormait, je voyais plus loin que ma vie ; beaucoup plus loin qu'une seule vie. En affinant la mise au point, en réduisant petit à petit la profondeur de champ, mes yeux ne gardaient nets que les bâtiments en bois de Dejima – le clocher et les dépendances de l'ancienne île artificielle du port, là où, pendant deux siècles et demi, les seuls étrangers à avoir commerce avec l'empire avaient été confinés. Les seuls – quelques marins et commerçants hollandais – pendant tout ce temps. Et ces Européens n'avaient jamais pu mettre pied sur la terre ferme, à quelques mètres d'eux. Je devais être fort enclin à des pensées singulières, ce soir ; car il m'apparaissait que Nagasaki était longtemps resté comme un placard tout au bout du vaste appartement Japon avec ses quatre pièces principales en enfilade – Hokkaidō, Honshū, Shikoku et Kyūshū ; et l'empire, tout au long de ces deux cent cinquante ans, avait pour ainsi dire feint d'ignorer qu'un passager clandestin, l'Europe, s'était installé dans cette penderie… Et pourtant, combien de techniques, combien d'idées, combien de savoirs avaient transité dans les deux sens par cette sorte de double fond ? Dans quelle mesure Dejima avait changé notre façon de voir, pendant cette hibernation séculaire ? Je redoutais pour ma part que l'oshiiré – celui de mon appartement –, et tout ce qu'il avait déclenché dans mon existence timide, ne me déstabilise, ne me fragilise en m'ouvrant au grand large de la vie.

J'ai fait la lumière dans la cuisine et tout nettoyé à fond, puis augmenté le son de la radio qui donnait une vieille chanson, où il était question de ceux qui continuent d'avancer pendant que d'autres meurent. Si seulement j'avais eu la chance qu'un type m'observe alors de derrière la vitre du buffet et me téléphone, pour m'avertir des écueils qui me menaçaient... Je le jure, j'aurais décroché sans hésiter. Mais l'appareil restait obstinément silencieux. Tout ce qu'il signalait, sur son écran lilliputien, était un « appel en absence », correspondant à l'heure où j'avais tenté d'alerter l'intruse.

Puis j'étais devant le placard mural. Deux panneaux de deux mètres quarante de haut, dont l'un a coulissé derrière le second. L'étagère n'est qu'à quatre-vingts centimètres du plafond. Profondeur ? Un mètre, guère plus. Revêtement intérieur boisé.

Couchette de luxe d'un train immobile. Les agents n'avaient touché à rien. Futon ; draps froissés ; bouteilles en plastique. Quand elle avait suivi les policiers, elle n'avait dû prendre que ses affaires de toilette et un peu de linge. Sous l'oreiller, j'ai retrouvé un roman que j'avais cherché la semaine dernière dans la bibliothèque, *Scandale*. À une page cornée, celle où sa lecture avait dû s'interrompre, Shūsaku Endō écrit ceci : « Sans crier gare, les rouages les plus centraux de son être s'étaient déréglés. Et ce, pour une raison tout à fait claire. Depuis le soir de […]. » Idiot, me suis-je dit car je venais d'avoir pour idée de lui envoyer le livre en prison afin qu'elle le termine. Au fond, elle avait eu le nez creux, car, de visiteurs, il ne s'en présentait pratiquement pas. Mon père, trop vieux, ne se déplaçait plus. Quant à ma sœur et mon beau-frère, je les attendais depuis plus d'un an. J'ai repensé à la période où je m'étais rendu chez eux, début mai ; la femme avait dû prendre ses aises, alors. Probablement avait-elle dormi sur les tatamis. Ce soir, était-elle seule dans sa cellule ? J'ai refermé le panneau, quitté la pièce à reculons parce qu'on sonnait : le serrurier.

Plus tard, la télévision allumée à feu doux, j'ai écouté le bruit du monde. Je n'avais le cœur à rien. Une chaîne documentaire m'entretenait des vieux et des robots qui les assisteraient dans leur quotidien, un jour. Encore ! Ça devenait une litanie. Mais le nombre d'habitants de cent ans et plus était passé de cent cinquante-trois en 1963 à dix mille, trente-cinq ans plus tard, puis à trente-six mille deux cents aujourd'hui pour l'ensemble de l'archipel, selon une jeune journaliste qui ne craignait pas d'en faire partie avant 2080. C'était une invasion. Cette année, ceux qui fêteraient leurs cent ans recevraient une coupe en argent du Premier ministre. Et naturellement, il fut question de Tanabe. Quelle buse, à la ramener parce qu'il avait atteint les cent treize ans, celui-là... Et Tanabe qui se levait tôt pour lire le journal, et Tanabe qui buvait du lait chaque matin... Il était devenu notre bébé à tous, sur le berceau duquel la caméra se penchait tous les jours. Je me suis imaginé à un âge canonique, dans cinquante ans. Dans des mines du Brésil ou du Congo, mines de coltan, de cassitérite et autres métaux bizarres, attendaient les éléments dont on ferait mon robot. Celui qui veillerait sur mon automne sans fin, me parlerait, recueillerait mes avant-dernières volontés et puis, un jour, mon dernier souffle. Un beau jour, car il serait programmé pour ça, il poserait une main sur mon épaule en m'appelant doucement par mon prénom ;

puis cette main, il la passerait devant mes yeux, devant ma bouche, et mettrait en route la procédure des obsèques, en composant un numéro d'urgence. J'ai éteint le téléviseur, livrant l'habitation aux ténèbres et guettant les bruits – trams en fin de service, circulation lointaine, cigales par intermittence, harmoniques du vent dans les bambous, et puis des gouttes de pluie lourdes comme du temps.

*
* *

Pendant que je cherche le sommeil d'un côté puis tente de le prendre à revers, une pensée insiste, impossible de la refouler. Cette femme, pendant les centaines de nuits passées à quelques mètres de moi, aurait pu se lever et me tuer dans mon sommeil, d'un coup de couteau. J'ignore tout de son passé et de ses pulsions, des raisons qui l'ont conduite à prendre racine ici puis à souiller mes draps, s'essuyer avec mes serviettes et à chier dans mes chiottes, et je lui en veux. J'étais à sa merci, mais a-t-elle seulement imaginé qu'elle pouvait me supprimer facilement et sans mobile, puis filer en toute impunité ? Me revient en mémoire un récit d'Edogawa Ranpo dans lequel un homme vit en clandestin à l'intérieur d'un canapé.

Se termine-t-il par un meurtre ? Je l'ai oublié et peu importe ; pendant des mois, j'ai vécu dans une nouvelle à la Edogawa et, rétrospectivement, je ne le souhaite à personne. Si elle ne m'a pas estourbi, c'est sans doute qu'elle cherchait un lieu paisible, habité, bien entretenu, pour avancer sans trop d'angoisse dans une aventure dénuée de sens, en attendant que, peut-être, lumière se fasse. Elle n'était donc ni Mme la Mort ni Mme la Peur. Ce devait être plutôt Mme Tout-le-monde, sans grandeur.

Il aurait fallu que je dorme et sur le dos, la jambe repliée, j'ai bien cru m'assoupir, mais une pensée pirate m'a abordé et a sabordé mes tentatives. Et si une autre femme se cachait quelque part dans la maison ? Dans l'obscurité, cette absurdité m'a fait sourire, et pourtant : j'imaginais que chaque placard retenait le fantôme d'un amour passé, comme si la femme prise sur le fait était la réverbération d'un coup de foudre très ancien, disons de l'adolescence, que je n'aurais pas reconnu. Je me suis résolu à puiser dans ma réserve d'hypnotiques. Un sommeil en simili, lourd et gris comme un nuage obèse, a eu raison de ces pensées. Et ce sommeil-là fut agité de songes tortueux, comme peut être agitée une traversée en mer, de nuit, sous de violents éclairs.

CLANDESTINE DEPUIS UN AN

Il s'étonnait de voir des aliments disparaître de sa cuisine : un quinquagénaire célibataire des quartiers sud a installé une caméra et constaté qu'une inconnue déambulait chez lui en son absence.

Le propriétaire a surpris l'intruse en surveillant son foyer de son lieu de travail et a averti la police, croyant avoir affaire à une cambrioleuse. Les agents ont appréhendé une femme qui s'était installée dans un oshiiré inutilisé, où elle avait déroulé une natte et disposé ses effets.

« Je n'avais nulle part où vivre », a expliqué cette chômeuse de cinquante-huit ans. Selon la police, elle habitait là en clandestine depuis près d'un an, alternant avec deux autres appartements où elle séjournait de temps à autre incognito.

J'ai reposé le *Nagasaki Shimbun,* que je n'achète jamais. Les collègues qui m'avaient signalé l'article me témoignaient tous respect et gentillesse. Après un silence, ils ont eu de petits hochements de tête, un air de dire eh bien, eh bien... Cela m'est égal, aurais-je aimé leur dire avant de parcourir ces lignes, il s'est passé quelque chose dans mon existence et c'est terminé, l'incident est clos. Or, rien n'était clos et l'incident ne faisait que commencer, mais je n'ai rien voulu laisser paraître. Je répondais à leurs questions, jouais mon double rôle de victime et de vedette éphémère. Et eux me plaisantaient, pour me dérider. « Ingrat ! Il paraît que vous avez mis votre femme dehors d'une curieuse façon, Shimura. Et vous vous défaussez sur la police ! » J'ai souri à l'auteur de ces mots, mais pas trop, pour ne pas l'encourager sur cette voie. Et le travail a repris. Un typhon était né dans les couveuses moites tout là-bas, au-dessus de la mer de Chine, et nous avions de bonnes chances d'en hériter bientôt. Machinalement, j'ai cliqué pour que ma cuisine réapparaisse sur l'écran. Dehors, haut dans les arbres, les milans lançaient leurs *kiii, kiii, kiii*. Je ne me suis jamais vraiment fait à leur cri, non plus qu'à leur vol. Ces *kiii, kiii*, on ne peut savoir s'ils sont hostiles, s'ils augurent d'une attaque en piqué ou ne sont pour eux que chanson de veilleur.

Tout au long de la journée, les collègues ont continué de se moquer de moi, mais sur le mode bon enfant, si bien que j'ai cédé et accepté de les accompagner au bar, après la journée. « Puisque vous êtes célibataire, maintenant... » « Quelques bières vous consoleront, Shimura... » Lorsque l'équipe du soir nous a relevés, je les ai suivis. Ils avaient pour repaire un établissement minuscule du côté des galeries marchandes d'Hamanomachi. Cinq places au comptoir, pas une de plus, et ils devaient le savoir car nous étions cinq. Je ne les y avais jamais rejoints, malgré les perches tendues. « On y est enfin arrivés ! » a explosé le meneur du petit groupe en levant son verre à mon adresse, avec un sourire qui lui effilait les yeux. Allait-il donc cesser de sourire et de me regarder ainsi ? Le besoin de contenir un rot a interrompu sa béatitude.

Et nous avons bu. Je bois très peu, seul, et étant du genre seul à l'année...

— Haaa, soupiraient-ils à tour de rôle, vous avez sans doute raison, Shimura, haaa... C'est nous qui n'avons pas votre courage...

— Courage de quoi ?

— De flanquer nos épouses dehors !

Et nous avons continué de boire hors du temps, dans ce *Torys Bar* plus étroit qu'un wagon à bestiaux. Deux ventilateurs crachotaient l'un en face de l'autre, en tournant lentement de cent quatre-vingts degrés, tantôt dans un sens et tantôt dans

59

l'autre, comme pour désapprouver notre consommation de bière ou bien l'exubérance de mise, je ne sais pas. Les collègues qui m'avaient entraîné dans cet endroit minable étaient jeunes, bien plus que moi qui ne l'étais plus. Ils taquinaient celle qu'ils présentaient comme la patronne, une certaine Machiko, ridée, qui souriait sans discontinuer, avec, curieusement attaché à ses cheveux, un foulard qui lui faisait des oreilles de lapin. Machiko n'y était en soi pour rien, mais elle aggravait mon état. Comment les autres auraient-ils soupçonné à quel point j'avais l'alcool triste ? Chaque goulée m'éloignait d'eux, dont les rires fusaient de plus en plus sonores, à en couvrir complètement la musique de fond, à certains instants. Yukio, le plus expansif d'entre nous, s'est mis à raconter une histoire véridique qu'il avait entendue à la radio : le 6 août 1945, au matin, un homme d'affaires se réveille dans un hôtel d'Hiroshima où il est arrivé la veille. L'explosion qui dévaste la ville quelques minutes plus tard l'épargne miraculeusement mais le plonge dans un état de choc. Il rentre chez lui comme il peut, à Nagasaki ; mais voilà que le 9, au surlendemain de son retour, le souffle de la seconde bombe le projette à travers sa chambre. Eh bien, le gaillard se porte aujourd'hui comme un charme, à quatre-vingt-treize ans. Il vient même d'obtenir en justice des dommages et intérêts, étant la seule personne connue à avoir subi deux éclairs atomiques en quelques jours !

Ils s'esclaffaient. J'imaginais qu'avec cette somme, le pauvre bougre pourrait se payer un robot multifonction pour veiller sur ses dernières années. Ou derniers mois.

À l'histoire du type aux deux bombes, j'ai souri longuement (le temps qu'il fallait), puis je me suis levé en invoquant mon âge, je tiens moins bien l'alcool que vous, les jeunes, et demain le boulot recommence ! Écartant le *noren*, je me suis esquivé avec ma tristesse. L'enseigne du *Torys Bar* a continué de clignoter en rouge orangé dans mon dos et la dernière mélodie qui s'échappait du lieu, antienne connue de tous ceux de ma génération, m'a raccompagné jusque chez moi. Je n'avais aucune envie de me coucher tout de suite. J'aurais pu tout aussi bien rôder près de la rivière, où sont quelques cabarets plus ou moins louches, mais je n'avais pas le cœur à ça. Le cœur était à rien, au point mort.

Démonter la caméra fut un jeu d'enfant. Savoir ce que j'allais en faire le fut moins. M'en débarrasser ? Je pouvais tout aussi bien la ranger au fond d'un tiroir, elle ne causerait plus de tort à personne. Quand je l'ai eue en main, je me suis surpris à la serrer très fort, comme si je voulais la broyer.

Si quelqu'un était derrière les barreaux en ce moment, c'était par la faute de cet œil ! Comprenant que je cherchais à me défausser sur un objet, je suis entré en colère contre moi-même, à haute voix. Et quand je me rudoie, je me tutoie : Que veux-tu encore, avec ça ? Poser un nouvel appât au centre de ta table et attendre qu'une autre souris se fasse pincer aussi bêtement que la première ? Tu veux filmer la capture ? La visionner par la suite ? Tu crois que c'est une salle de casting, ta cuisine ? Et tu souhaites en passer combien en revue, des paumées, jusqu'à ce que paraisse la bonne, la princesse de conte de fées ? Tu n'as jamais réussi à la trouver dehors, comme tout le monde, et tu crois qu'elle va se matérialiser ici ? Allez, dégrise, toi qui n'as jamais été fichu d'avoir une épouse à demeure...

Bien sûr, cela soulage de vomir. Dans ce qu'on expulse, il y a des mots qui tournent dans la tête et ne passent pas. À la surface d'une bière lourde voguaient des rogatons. J'ai cru que la douche m'apaiserait, ensuite, et que la fatigue me tomberait dessus. Erreur. Allongé, j'ai attendu, mais ça ne venait pas. Le sommeil ? Non, l'oubli. Non pas l'oubli de cette pauvre femme qui ne m'était rien, mais celui de mon existence entière dont se dévoilaient tout d'un coup le dénuement et l'aridité. Aucune ambition n'y poussait plus depuis longtemps, aucune espérance non plus. Cette femme était à maudire. À cause d'elle, le brouillard s'était levé.

Après deux heures à mâcher les toujours mêmes dépits, je me suis levé. Cette nuit-là, j'ai commis un crime : j'ai recommencé à fumer. Dans le salon, debout, fenêtre ouverte pour laisser entrer de l'air. Au bout d'un moment, la lassitude m'a envahi. J'ai jeté les cendres, honteux d'avoir replongé, puis j'ai quitté la pièce. Une fois dans le couloir, sans plus de préméditation que pour les cigarettes, j'ai bifurqué.

Je voulais savoir ce que ça faisait. Ce qu'on entendait, de là-bas. Ce qu'elle avait pu entendre de moi. Je me suis hissé péniblement sur l'étagère supérieure. Avait-elle été acrobate, naguère ? Danseuse ? Pour être aussi leste. Je me suis allongé où elle avait passé tant de nuits. Mon corps logeait à peine, oreilles et orteils touchaient les deux extrémités de ce caveau étouffant. Je suis pourtant resté. C'était un habitacle affreusement réduit, comme dans les hôtels-capsules ou une capsule spatiale. Comment avait-elle pu, autant de nuits ? J'ai écouté longuement mon appartement et guetté, oui, guetté les odeurs qu'elle aurait pu laisser comme signature de son passage ; j'aurais aimé que le matelas fût imprégné d'elle. Qu'il ait pris sa forme.

Dehors, le passé a commencé de jaunir. Le genre humain se racornit. Quand je parle de passé, j'entends l'époque de son arrestation, au plein de l'été, et le soir où je me suis retrouvé seul chez moi – seul comme si je m'étais fait *plaquer*. C'était il y a trois mois ; ce temps me paraît déjà lointain. Je crois que j'ai voulu l'oublier, et je dois dire que l'entrée en scène de l'automne, cette année, m'y a aidé. Car l'automne a pénétré jusque dans les âmes, cet automne. Il a ruisselé en nous. Imposé des silences où il n'y en avait pas encore. Certains jours, ceux qui longent à pied les chantiers navals ne perçoivent plus les coups de marteau habituels. Plus d'échos, plus un choc, plus un appel. Dans le port, les grues ne chargent ni ne déchargent guère. Ailleurs, là où dans la ville de gros travaux étaient en cours, les engins de terrassement se sont figés. Ces dinosaures de l'ère industrielle sont atteints d'un mal mystérieux. On l'a dit et répété à la télévision, il a pour nom la Crise et on ignore comment le vaincre. Les banques ne prêtent plus d'argent. Certaines n'en ont plus. Qu'est-il devenu ? Nul ne le sait vraiment et cela inquiète. La stupeur gagne. Dans le bac à sable où les enfants jouaient au capitalisme, on vient d'égarer la règle du jeu.

— Putain, où l'as-tu mise ? C'est toi qui l'avais, tout à l'heure !

— Jamais de la vie ! C'est toi, à l'instant encore...

Parce que le système éternue, nous redevenons tremblants et veules, tout petits. Du silence ambiant se détachent des rumeurs, comme si le silence était un mur lépreux qui perdait de lui-même. Et ces rumeurs colportent les mots de « restructuration », « remise en question ». Même chez nous, dans les services météorologiques, on évoque des compressions d'effectifs, à croire qu'il y a moins de phénomènes climatiques ou que l'on va fermer des mers, ce qui ne serait au fond que justice puisque certaines sont vides. En trois mois, cette crise a failli me faire oublier qu'une femme avait mordu la poussière bien avant nous autres et que, sans abri, elle avait « trouvé » un abri forcé à la prison de la ville. Or, son procès va s'ouvrir. J'ai reçu hier une convocation du tribunal. Cette nuit, ce n'est pas la pluie qui m'empêche de fermer l'œil mais tout autre chose ; peut-être la peur de devoir soutenir le regard de ma clandestine. À moins que son absence n'ait accentué le sentiment d'incomplétude qui empoisonne mes jours ?

Je n'ai jamais aimé ceux qui réussissent.

Non pas parce qu'ils réussissent, mais parce qu'ils deviennent le jouet de leur succès, d'un Moi aveuglé. Le Moi à tout prix est la fin de l'homme.

La Crise rend les hommes un peu plus seuls. Que signifie encore ce *nous* qui revient à tire-larigot dans les conversations ? Le *nous* meurt. Au lieu de se regrouper autour d'un feu, les *je* s'isolent, s'épient. Chacun croit s'en sortir mieux que le voisin et cela, aussi, c'est probablement la fin de l'homme.

Procès ou pas procès, crise ou pas crise, je ne suis pas parvenu à oublier la clandestine. Je sais qu'elle risque trois ans ferme et cinq cent mille yens d'amende, en vertu de l'article cent trente, cinq cent mille un monde pour une femme qui n'en a sans doute pas dix mille à elle. Dois-je avoir honte, et de quoi exactement ? Je ne cesse de ressasser cette question alors que nul ne me la pose. Ma mère, de son vivant, me taxait de sentimentalisme. Il faut bien que justice passe, aurait-elle dit aujourd'hui, et quoi, elle va passer, mais depuis plusieurs nuits, oui, mon sommeil est exécrable.

Un bruit curieux m'a réveillée. Bruit de chute ? Ce n'est pas chez nous car les deux autres dorment, et rien n'est tombé dans la cellule. Ça s'est produit dans une autre.

Ou alors les rats.

Je le lis à la lueur de la veilleuse, il sera bientôt quatre heures. Aucune étoile, dehors, ciel couvert. Notre seule étoile, c'est l'œilleton. Quand elle ne brille pas, c'est qu'une matonne nous surveille du couloir. Dans ces moments-là, je me fige, cesse de penser. Je mets ma vie en suspens jusqu'à la fin de l'éclipse. Le mouchard... C'est à un truc comme ça, m'a dit l'avocate, que je dois mon arrestation. On greffe des yeux partout. Et moi qui allais en confiance dans l'appartement, jusqu'en fin d'après-midi... Sans l'appareil qui m'a dénoncée, tout aurait continué longtemps. J'étais si bien, là-bas. Le soleil donnait dans la chambre à partir de treize heures et je m'installais sur les nattes, à feuilleter un magazine ou à ne rien faire d'autre que brunir un peu, la fenêtre entrouverte pour que le vent pénètre : ses tatamis loin d'être neufs sentaient la grange. Oui, cela aurait pu durer, durer, je ne m'en serais pas plainte. Je veillais à rester prudente, naturellement. Lorsque j'utilisais ma salle de bains, par exemple. Je n'y allais que le matin, afin que tout soit sec lorsqu'il rentrerait. Quand j'avais terminé, là comme à la cuisine, je remettais tout bien en place. Cela exigeait, avant de déplacer un objet, de mémoriser parfaitement sa position initiale. Or, plus je me sentais chez moi et plus je devais me garder de moi-même, car plus forte était la tentation de relâcher mon attention et d'autant plus grand le risque de commettre une bourde. La première de mes peurs était de hurler en plein cauchemar. Il aurait eu la frousse de sa vie en entendant crier son placard. Trahie par moi-même, j'aurais dû fournir des explications, il m'aurait flanquée dehors en pleine nuit, ou ceinturée, et il aurait averti la police. Je n'en dormais plus les premiers temps, tellement la trouille était grande de perdre ce havre où je me reconstruisais, me remettais des bosses et des bleus de l'existence. Bien sûr, je pouvais me dire que je n'étais pas coutumière des cauchemars. Les derniers à m'avoir visitée devaient remonter à plusieurs années et, ici, j'étais loin des tourments passés. Qui sait tout ce qui peut remonter à notre surface ? Subitement, la nuit, une porte dérobée s'ouvre pour laisser entrer des personnages honnis, qui se vengent d'avoir été bannis de nos pensées diurnes. Nous croyions les avoir congédiés, or ils attendaient que sonne minuit pour reparaître dans notre théâtre nocturne, descendre du cheval de Troie et semer la terreur.

Dans la cuisine, aussi, je devais redoubler d'attention jusqu'à tourner en bourrique. Le plus souvent, pour manger, j'allais me servir dans les poubelles à l'arrière d'un libre-service du quartier, ouvert vingt-quatre heures sur vingt-quatre, qui m'entretenait sans le savoir en jetant ses produits à peine périmés. Les jours de pluie torrentielle, ou lorsque je ne me sentais pas bien, je puisais un peu dans les stocks de mon hôte, me contentant de riz ou de pâtes. Je ne prenais rien dont il aurait pu remarquer l'absence. Presque rien. Exceptionnellement, je succombais à la tentation d'un yaourt ou d'un peu de jus de fruits. C'est tout. Avec le temps, j'avais fini par me ranger à ses goûts ; par les apprécier, même.

Mais ne remarquait-il vraiment rien, malgré mes précautions ? Je me disais parfois qu'il m'avait repérée mais me tolérait. *Et* me tolérait. Et, ou mais ? Bref, il s'accommodait de moi, de la façon dont on cohabite quelque temps avec une souris : par curiosité ou par pitié. Puis vient le jour où l'on ouvre le placard où sont les tapettes, et *hop*.

En un an, pourtant, il n'y eut qu'une alerte chaude. C'était un après-midi de printemps, à une heure où il n'était pas nécessaire, *a priori*, de tendre l'oreille. Je ne l'ai pas entendu revenir plus tôt. Que le soleil était bon, sur les tatamis ! Juste ce qu'il fallait, pas un rayon de trop. Je lisais un roman pris au hasard, dans la bibliothèque du salon. C'était un livre prenant, sur l'idée du double. J'avais oublié le monde ; je n'entendais plus rien des autos en orbite autour du centre, plus rien des jappements du petit chiba d'à côté. C'est à ce moment qu'il a ouvert la porte d'entrée. Les vibrations du sol sous ses pas m'ont avertie juste à temps. J'ai disparu à l'intérieur de l'oshiiré, dont le panneau était entrouvert juste ce qu'il fallait. Le bond que j'ai fait n'était pas humain, c'était une réaction bien plutôt animale, précise et insonore. Quelques pas plus tard, il pénétrait dans ma pièce. Je ne respirais plus, craignant qu'il ne me remarque. Ma dernière heure dans ce paradis était venue, c'était certain. Je me trompais… Quelques secondes plus tard, il déposait un carton volumineux sur les tatamis. Je n'avais donc rien à voir avec sa venue… Doucement, j'ai recommencé à respirer. Un filet d'air. Il aurait pu ouvrir grand le placard pour y ranger le carton mais ne l'a pas fait. Au lieu de ça, il en a extrait un ordinateur et ses accessoires.

Tout le temps qu'il est resté là, je ne l'ai vu que de profil. Je n'étais pas surprise outre mesure par son aspect, de près, l'ayant déjà aperçu brièvement et de loin, dans la rue, avant de m'introduire chez lui : sans charme particulier, terne. *Honnête*. Des centaines de personnes arborent ce visage passe-partout dans chaque ville. Avant qu'il n'arrive, j'avais pu faire coulisser la porte à glissière de l'oshiiré, si bien que je le détaillais sans peur par l'étroite ouverture. Il n'y avait pas deux mètres entre nous. Et tout le temps qu'il est resté là je l'ai observé avec attention. Il avait un côté réfléchi et se concentrait sur le déballage. De toute évidence, le cadeau qu'il s'était fait le captivait. Puis il a quitté la pièce. J'étais inquiète. Qu'allait-il faire de ce PC ? N'avait-il pas l'intention de le brancher ici et de transformer les lieux en bureau, où il passerait le plus clair de ses soirées à surfer, que sais-je ? Après le dîner, il est revenu et a emporté le tout pour l'installer ailleurs – au salon. J'ai poussé un beau soupir de soulagement. Savoir à qui j'avais affaire n'était pas sans importance à mes yeux, au demeurant. J'avais donné forme humaine aux bruits de pas, à la voix, à la toux que j'entendais d'ici. Et cette forme me rassurait. Le bonhomme n'était pas du genre à vous sauter à la gorge, à vous tuer dans un moment d'affolement ou de rage. Et puis, la coïncidence était pour le moins troublante, nous avions sensiblement le même âge.

Le lendemain, la façon qu'il a de tirer sèchement la porte d'entrée, puis son tour de clé autoritaire me réveillent en sursaut, comme d'habitude. Mais ce jour-là, je ne me rendors pas. J'ai une enquête à mener. Elle durera des semaines et je la laisserai inachevée le jour de mon arrestation. Sans doute l'enquête la plus méticuleuse jamais conduite par une inconnue sur un inconnu. Je l'entame en ouvrant tous les tiroirs devant lesquels je suis passée des mois durant sans y toucher. Et vite, voici des photos de différentes époques, où je le reconnais de temps à autre. Aucune n'étant légendée, je m'abandonne aux supputations quant à ses liens avec celles et ceux qui l'entourent. Frères, sœurs, parents proches ou éloignés, amantes de naguère ? Qui voit-il encore parmi eux, et quels sentiments leur voue-t-il ? Lesquels sont toujours de ce monde ? Tout respire la modestie dans cette maison, comme avant. Je parcours ses bulletins de salaire de météorologue gagne-petit. Des factures me renseignent sur sa consommation d'eau et d'électricité. Côté téléphone, il est très économe et n'appelle pas à l'étranger. Mon enquête piétine. Je pressens un homme sans aspérités, simple, l'homme des masses. Je continue pourtant. N'est-ce pas pour le peuple que je combattais quand j'étais une autre ?

Un autre jour, je reprends les photos. Je les passe en revue et tente d'établir une chronologie, de deviner quels fils relient, relièrent ces personnages. Rien ne retient l'attention dans le passé de Shimura. *Shimura Kōbō*. Sans doute ne restera-t-il rien de lui, pas plus que de moi, lorsque nous aurons disparu l'un et l'autre. Quand je parle de moi, je songe évidemment à mon identité actuelle. La précédente, jetée aux oubliettes, nul ne la retrouvera, et qui intéresserait-elle ? Voilà bien mon point commun avec cet homme, dont il n'y a ni à être fier ni à se sentir indigne : n'être rien. Au-delà, rien ne nous rapproche. Les riens diffèrent souvent du tout au tout. Au fond, dans la fouille en règle à laquelle j'ai soumis sa maison, il est une seule chose que j'aurais réellement souhaité apprendre : quand il s'est installé ici.

Et c'est cet homme nullement attirant, mais pas non plus repoussant, qui apparaîtra demain dans le prétoire. Je pourrai préciser au juge dans quelle penderie il range le costume et la cravate qu'il portera, dont je garde en mémoire l'odeur particulière de propreté.

Lorsque je suis entrée dans la salle
d'audience il était déjà là, mais nos regards
ne se sont pas croisés. Ensuite non plus.
Il m'avait certes déjà vue, par caméra inter-
posée, mais je pensais tout de même qu'il
serait curieux de savoir de quoi j'avais
l'air dans le monde réel. Était-ce de sa
part le degré suprême de l'indifférence
ou, plutôt, l'expression d'une rancœur
toujours à vif ? J'allais certainement payer
cher mon séjour chez lui. On allait me
facturer toutes ces nuits au prix fort. Tarif
haute saison... Que ce soit clair, je ne me
sentais coupable de rien. J'étais, beaucoup
plus prosaïquement, gênée. J'étais gênée
de connaître la marque de sous-vêtements
de mon accusateur, ses goûts culinaires ou
télévisuels, ses lectures. Car j'avais fouillé
tout ce qui pouvait l'être chez cet homme,
et sans doute en savais-je au moins autant
sur lui, désormais, que sa sœur de Nagoya
dont j'avais lu les quelques lettres, écrites,
le plus souvent, pour expliquer en quoi
non, elle ne pourrait pas descendre
pour les fêtes cette fois-ci, ce serait pour

la fois suivante… Je n'ignorais rien de ses horaires ni de sa manie de l'ordre, qui m'irritait fréquemment et m'effrayait dans le même temps : qui sait quel objet mal remis en place provoquerait un jour ma chute ?

Maintenant, il répond docilement. Je retrouve la voix que je percevais atténuée, à travers la porte à glissière de mon refuge, les soirs où il téléphonait ou commentait haut et fort, pour lui-même, le journal télévisé de la NHK, si bien que je connais mieux que quiconque ses opinions timides et essoufflées, et son respect, confinant à la déférence, pour les fils à papa qui nous gouvernent.

Shimura ne me charge pas. À mots comptés, il expose quelle était la situation, relève que je n'ai ni volé ni brisé quoi que ce soit chez lui. J'ai juste, note-t-il, chapardé dans la cuisine, certains jours, ce qui avait fini par éveiller son attention. Ah ! C'était donc ça… Ce qu'il dit, au fond, est tout à mon honneur. Mon tort, le seul, a été d'être où je n'avais pas le droit de me trouver. Oui, ce procès doit l'ennuyer. Il nous ennuie tous, si bien que nous allons l'expédier. Une fois, seulement, Shimura force la voix. Légèrement déviée de sa trajectoire par l'émotion, elle me heurte par son ton de reproche :

« Je n'arrive plus à me sentir chez moi. »

Je relève alors les yeux vers lui, le sachant tourné vers le président du tribunal. Voilà de nouveau son profil gauche, comme s'il n'avait pas de dextre ou la cachait sans cesse. Assurément, il n'est pas à son aise. Il doit lui tarder de retourner chez lui. Peut-être n'a-t-il plus de rancœur ? Qui sait. Je l'entends dire, à mon propos, ou *l'accusée*, ou *la femme installée chez moi*. Il ne me nomme jamais, ne me désigne pas non plus de la main. Le juge paraît lui aussi emprunté, comme s'il était en train de s'apercevoir que la présente affaire outre-passait les limites communément admises de la pudeur pour relever d'un au-delà de la justice sur lequel le droit pénal classique n'a aucune prise.

J'écope de cinq mois, sans amende à la clé. C'est une peine minime, exulte mon avocate, vous serez libre dans un mois puisque vous en avez déjà purgé quatre en préventive.

Je devrais éprouver quelque chose, à ce stade. Je sais que cela viendra, avec retard, mais pour l'heure, impossible de m'intéresser à ces mégotages…

*
* *

Il est très tôt; c'est un matin de fin d'automne. Depuis un mois, je ne vis plus que pour ce jour, dont j'assiste en ce moment à la naissance par la lucarne à barreaux. Mes compagnes de cellule, depuis hier ou avant-hier, je les déteste moins, les redoute un peu moins. À quelle minute de quelle heure viendra-t-on me chercher, comme on est venu chercher Hiromi le mois dernier, je l'ignore évidemment. J'attends ces mots : « Prends tes affaires, tu sors. »

Aujourd'hui est un lundi. Jour après jour, j'ai espéré qu'on m'appellerait au parloir. « Une visite pour toi ! » Il devait pourtant savoir que j'allais bientôt me diluer dans la ville, peut-être la quitter. Cet homme ne m'attire pas le moins du monde et tout, à vrai dire, me dresse contre son mode de vie ; mais voilà, j'aurais aimé qu'il vienne me réclamer des explications. J'aurais aimé lui témoigner de la reconnaissance pour sa clémence – ou son indifférence ? Shimura-san, j'aurais commencé. Et ensuite, qu'aurais-je dit ? Peut-être aurais-je osé lui présenter les excuses qui ne m'étaient pas venues dans le prétoire. La justice n'a que faire d'excuses, et puis mes explications auraient fait sourire le juge… C'est à Shimura, et à lui seul, que j'aurais souhaité tout confier de mes secrets minuscules. À la fin du procès, nos

77

regards s'étaient incidemment croisés pendant une bonne seconde, lente seconde, et il n'avait pas cherché à détourner les yeux. C'étaient des yeux vides et las qui s'étaient bel et bien arrêtés sur moi, je le sais, car une ombre avait voilé subitement son visage ; puis on m'avait emmenée hors du tribunal.

Cela doit commencer à sentir l'hiver, au-dehors. L'air était frais, ces jours-ci, dans le promenoir. À la longue, j'aurai froid en liberté. J'appréhende. Il faisait si bon nidifier à l'insu du bonhomme... Je serai assurément très mal à l'aise en paraissant devant ce Shimura, mais il le faut. C'est maintenant que j'ai la force de tout lui expliquer, maintenant que j'ai payé pour ma « faute ». Est-ce d'avoir été arrachée sans préavis à cette maison qui aiguise à ce point mon envie d'y retourner ?

On sort généralement de prison le matin et elle a pu le vérifier. C'est la métaphore élémentaire d'une vie nouvelle. On oublie les que-vais-je-faire et les comment, on oublie le purgatoire dont on émerge. Les premières heures, on les passe au paradis. Ce n'est pas grand-chose, un pécule, et elle sait bien qu'il ne la conduira pas loin. Tout de même, un bon repas ce n'est pas volé, et midi approche, à force de marcher, de s'enivrer de marcher. Les vitrines des restaurants sont alléchantes, avec les moulages des plats à la carte. Un *champon*, allez. Depuis le temps… Ce n'est pas en prison que… Donnez du plaisir au ventre, l'esprit se tourmente au ralenti.

Son premier restaurant depuis le commencement de la Chute, quand elle avait dû rendre son petit meublé… Ensuite, elle s'est remise en chemin. C'était le début de l'après-midi. Il ne descendrait pas du tram avant trois ou quatre heures, or elle avait à cœur de revoir les lieux seule, tout de suite ; de refaire la soudure avec le jour où des agents l'avaient évacuée menottée et se dire voilà, ça continue, quelque chose en tout cas continue. Aussi a-t-elle pris la direction du pavillon dont on l'avait chassée et lorsqu'il lui est apparu, elle a souri. C'est important, revoir, s'est-elle dit. Cependant, à peine était-elle parvenue à quelques dizaines de pas de la porte d'entrée que son sang s'est comme refroidi brutalement. Un écriteau « À vendre » pendait à la porte. Lourdement, brutalement, elle a dégringolé dans le temps, jusqu'à se retrouver à l'âge de huit ans, lorsque, pour la toute première fois, elle avait eu l'affreuse sensation qu'on lui arrachait un pan de sa vie. Un demi-siècle plus tard, ce souvenir était toujours douloureux. Elle avait donc huit ans, et ses parents et elle n'avaient pas déménagé depuis un an, quand, un soir de la saison des pluies, son père l'avait emmenée en promenade, malgré l'heure avancée et la moiteur. Mais il y tenait, et elle l'avait suivi. Ils étaient descendus à un arrêt de tram familier, dans leur ancien quartier. Là où, toute petite, elle courait sur les trottoirs avec ses premières camarades de jeu, sous la vigilance de Mme Kawakami. Et comme ils prenaient le coin de la rue, il lui a dit regarde bien, et tous deux ont regardé longuement et sans un mot leur ancien immeuble, éventré, béant, comme un plan de coupe dans les manuels de géologie ou bien comme une planche d'anatomie, avec ses pièces pour moitié dévorées par les engins de terrassement. Quoi ?! Elle apercevait, comme elle ne l'avait jamais pu, la chambre où elle avait passé ses huit premières années : de l'extérieur, composante minuscule d'une maison de poupée. Démeublée, par surcroît. Pour le reste, tout était là : les papiers peints, les portes. Un évier pendait dans le vide. Pourquoi dépeçait-on sa haute enfance ? Qui se permettait ce sacrilège ? C'est la vie, avait répondu le père en la prenant dans ses bras, la vie, et elle s'était mise à pleurer. Je voulais te montrer la « maison » avant qu'ils achèvent de la démolir, lui avait-il soufflé à l'oreille.

La femme d'aujourd'hui sait qu'il ne faut pas laisser les souvenirs rebondir dans le palais des miroirs ; ils deviendraient fous, comme une mouette qu'on enferme par mégarde dans une salle. Incrédule, plantée sur le trottoir, elle relit l'écriteau de malheur. Puis elle approche. Elle sonne, mais nul ne répond. Coup d'œil à l'intérieur : plus de meubles. Sur la pancarte figure un numéro qu'elle note dans la paume de sa main : celui d'une agence immobilière. Un peu plus tard, cette main insère une pièce dans la fente d'un téléphone public. La femme, toujours incrédule, demande si la maison est bien à vendre, depuis quand ? Quinze jours, entend-elle. Nous faisons une visite collective dans une heure, si cela vous intéresse ? Prise au dépourvu, elle acquiesce.

Qu'a-t-il bien pu arriver à l'homme, s'inquiète-t-elle devant la bière qu'elle a commandée. Puis un souvenir lui revient. Le jour du procès, n'avait-il pas dit quelque chose comme ça, un peu théâtral : Je n'arrive plus à me sentir chez moi. C'était donc vrai… Si vrai qu'il a préféré partir ? Elle se recompose un visage plus convenable dans la glace des toilettes. L'heure sera bientôt écoulée, il faut y aller.

Des mois plus tard, la revoici donc à l'intérieur, sans rien à craindre. Être là. C'est incroyable. Elle aurait pu se contenter de questionner l'agent immobilier sur le pas de la porte et ne pas entrer, dire que la maison, en soi, lui est égale ; mais elle a franchi le seuil avec les autres. Les autres sont cinq, allant et venant comme des mouches à merde avec des questions à la con. L'agent attend, leur répond. La femme s'attarde un moment dans la cuisine, puis au salon. Revoir ces pièces vides la trouble et elle simule de l'intérêt pour le dissimuler. Car vide, ce pavillon la renvoie à un jour lointain. Non pas quelques mois en arrière, à la période Shimura, mais beaucoup plus profondément dans le puits du temps. Une pensée la traverse, qui sonne comme parole biblique : heureux les amnésiques, car le passé est souffrance. Des loups consacrent le plus clair de leur énergie à nous arracher ce bien qui était notre unique richesse.

Tout de même, elle se résout à aller au bout de sa visite, longe la petite galerie et entre. Les autres n'ont pas fait grand cas de cette pièce somme toute exiguë et isolée, ils sont retournés au cœur du logement. Même odeur de vieux tatami, même luminosité de fin d'après-midi. Sa main hésite, puis elle fait coulisser la porte à glissière du placard. Même bruit de frottement. Mêmes ombres à l'intérieur. Et elle reste debout, devant. N'entend pas tout de suite qu'on l'appelle, quelques minutes plus tard. C'est l'agent, dans l'encadrement de la porte. Madame ? La visite est terminée, si vous voulez bien... Madame ? Elle entend vaguement *visite*, *terminée*, comme si elle était au parloir. Elle doit être passée derrière le premier voile de l'hypnose, au point qu'il répète, s'inquiète de sa pâleur. Madame, tout va bien ? Elle tressaille et tourne la tête : Je viens, excusez-moi. J'étais dans mes pensées. Et elle s'enhardit à poser sa question. Le propriétaire. Si on peut contacter directement le propriétaire ?

— La vente doit se faire par l'entremise de notre agence, madame, je suis désolé...

— Mais comprenez-moi bien, ce n'est pas pour acheter. Ce n'est pas ça. Je ne peux pas vraiment vous expliquer. J'aurais besoin de le joindre pour des raisons personnelles. À quelle adresse lui écrire ? C'est tout ce que j'aimerais savoir.

— Dans ce cas... (L'agent réfléchit puis sourit.) Dans ce cas, remettez-nous un courrier à l'agence et nous ferons suivre. Il n'y a pas de problème.

La phrase idéale pour commencer une lettre à un inconnu n'existe pas. Nous ne sommes, il est vrai, pas totalement des inconnus l'un pour l'autre, bien que nous ne nous soyons vus « réellement » qu'une seule fois, et dans des circonstances ô combien particulières. Je ne perdrai pas plus de temps en préambule, Shimura-san. Il était très important pour moi, avant toute chose, de vous exprimer ma reconnaissance pour votre retenue lors du procès. Je ne sais le dire autrement que par ce mot-là, retenue.

Elle pose le stylo sur la feuille, de biais, à la fin de cette phrase : comme un tronc en travers du cheminement des pensées. Qu'est-ce donc qui a abattu le tronc ? Une tempête sous son crâne ? La femme, figée au-dessus de la page, espère retrouver le fil de ses idées (tout comme, dit-on, si l'on garde la même position au lit, il arrive qu'on reprenne et prolonge un rêve fait plus tôt dans la nuit). Elle aimerait cacheter l'enveloppe avant la fin de l'après-midi et la confier à l'employé de l'agence immobilière (revêtue de la mention À l'attention de M. Shimura Kōbō, propriétaire, rue…). Cela la soulagerait. Si longtemps qu'elle a attendu cela, s'expliquer… Elle pourrait se dire qu'elle a surmonté le choc de tout à l'heure, face à l'écriteau. Le bloc de papier à lettres acheté avant de s'asseoir à cette table lui paraît redoutablement vierge. Combien de pages aura-t-elle à noircir ? Elle aimerait découvrir un raccourci pour passer directement de son esprit au sien. C'est qu'elle n'aime guère écrire, et, pour tout dire, l'a rarement fait. Il le faut pourtant.

Retenue, ou modération si vous préférez. Ce fut en tout cas important à mes yeux, dans les moments du procès et ensuite, lorsque je me suis retrouvée seule avec moi-même.

Cette lettre, comprenez-moi bien, n'est pas une requête. Vous en avez bel et bien fini avec moi, je vous ai nui sans intention de le faire et ne vous nuirai plus. Seulement, à la vue de la pancarte « À vendre » sur votre porte, je suis passée de l'exaltation de la liberté recouvrée à une brusque tristesse et me suis dit, égoïstement : nous voici désormais sur un pied d'égalité, lui et moi, chassés du même royaume. Je vous demande de m'excuser d'avoir eu cette pensée que je sais indigne et que j'ai vite chassée, mais dont je voulais tout de même vous faire part. Je vous prie aussi de m'excuser de vous avoir causé tous ces torts, me souvenant de ce que vous déclariez lors du procès : *Je ne peux plus vivre là-bas*.

Sans doute vous demandez-vous de quoi je me mêle, moi qui suis cause de tout, et en quoi je peux me prévaloir d'un attachement à ce qui ne fut pas à moi, mais vous appartint. Je vais vous surprendre, mais mon attachement à cette maison était, contre les apparences, plus profond que le vôtre, et si je vous écris, c'est pour vous expliquer en quoi mon installation chez vous n'avait rien de fortuit, contrairement à ce que l'enquête a laissé apparaître.

Vous l'avez entendu au cours du procès, je me suis retrouvée au chômage il y a deux ans. À l'âge qui est le mien, aucun emploi ne vous attend plus. La retraite est encore un horizon lointain et vous n'avez plus rien à faire dans le monde du travail. Vous voilà condamné à errer dans un entre-deux de l'existence. Malheur aux célibataires sans famille ! Le temps des allocations chômage échu, vous résiliez votre bail. Un début de honte vous pousse à quitter votre quartier.

De m'être débarrassée au plus vite de quelques appareils et colifichets qui veillaient sur mon quotidien, j'ai constaté que ce à quoi je tenais logeait aisément dans un petit sac à dos et un chariot à provisions. Je me suis retrouvée à la rue au plein de l'été, l'an dernier. La saison des pluies avait pris fin une bonne semaine plus tôt. C'était la période idéale pour apprendre à dormir à la belle étoile, et j'ai appris. Le soir, je m'installais à quelques mètres au-dessus des dernières maisons, souvent insalubres et inoccupées – mais vous connaissez, j'imagine, les hauts de la ville aussi bien que moi –, dans un paysage de cimetières et de temples recroquevillés sur d'autres siècles, et je n'étais pas à plaindre. À cette saison-là, tout paraît encore facile. Mais je ne veux pas vous faire ici le récit de ces semaines particulières, qui comptent sinon parmi les plus heureuses, sans doute parmi les plus libres que j'ai vécues. Je marchais aux heures les moins chaudes pour me procurer de quoi manger ; lorsqu'il faisait trop moite, je me contentais de « flotter » au-dessus de la ville, sous des bambous à l'ombre irréprochable.

Que me restait-il ? Le soir, une fois étendue, une même pensée revenait me visiter : tout ceci est une farce. Une énorme blague. Tôt ou tard, je vais obtenir des explications. Des excuses vont m'être présentées et je vais savoir. Nous allons tous accéder à la connaissance. C'est prévu, mais nous ignorons quand. Il suffit d'être patient. Nous nous échapperons alors de cette pièce de théâtre absurde. Le fil d'Ariane nous mènera vers l'issue de secours.

Or non, rien. Chaque soir, je m'allongeais confiante. C'est une plaisanterie et la nuit va tout remettre en ordre... Il est impossible que tout soit à ce point dépourvu de sens, les étoiles, le vent, les hommes.

S'il est une chose dont j'ai acquis la conviction au cours de toutes ces semaines, c'est bien cela : le sens n'existe pas. C'est-à-dire qu'il ne préexistait pas. L'idée de sens a été inventée par l'humanité pour mettre un baume sur ses angoisses et la quête d'un sens l'accapare, l'obnubile. Mais aucun « Grand Ordonnateur » ne nous surveille du haut des cieux. Dans les jours où cette évidence me donna le vertige, j'eus parfois besoin, en guise de bouée, d'étaler devant moi les objets, souvenirs dont je n'avais pu me séparer. Non que j'attendisse d'eux un quelconque salut, ce n'est pas ça. Pourtant, il émanait d'eux une lumière pâle et froide, comme un *fond de teint* de l'univers ; cette lumière avait d'ailleurs à voir avec la brillance des étoiles, car les visages figurant sur mes photos étaient le plus souvent ceux de disparus ; les usines qui avaient fabriqué les quelques objets chers avaient sans doute mis la clé sous la porte depuis lors ; quant à la vieille clé qui ne m'avait jamais quittée, elle n'avait plus de porte à ouvrir depuis la nuit des temps.

L'automne approchait. Les fins de nuit étaient plus fraîches. Par deux fois, la pluie m'avait surprise dans mon sommeil et chassée de mes bambous. Je m'étais réfugiée, trempée, dans une masure inhabitée, un peu plus bas, où j'avais attendu que le ciel colmate ses brèches. Je ne pourrais pas continuer longtemps à mener la vie paisible des derniers temps et cela m'inquiétait, m'affolait même à certains moments. Je ne songeais pas un instant m'installer dans un de ces taudis, ils me donnaient des haut-le-cœur. Dès lors, je me suis mise à errer en quête d'un endroit à l'abri. Celle ou celui qui a le temps d'observer les rues a tôt fait de repérer qui vit seul et quelles sont ses habitudes. Par exemple, certaines personnes âgées ne ferment pas leur porte à clé en partant faire leurs courses. J'ai « inspecté » plusieurs pavillons un peu à l'écart, au bout d'impasses arrêtées par la végétation. Les premiers temps, je n'y trouvais refuge que les nuits de forte pluie. Une tempête m'a bloquée quarante-huit heures chez une sourde. La journée, quand les orages s'espaçaient, je reprenais mes marches ; au hasard de ces vagabondages, il m'est arrivé de déboucher dans le quartier où j'avais passé mes années les plus heureuses : de huit à seize ans. Ô années précieuses ! Je me suis postée en vigie, plusieurs matinées de suite. Un homme que j'apercevais de loin quittait vers huit heures la maison où j'avais grandi. Selon toute vraisemblance, il allait travailler quelque part. Qui sait... L'envie m'a prise de *revoir*. Votre entrée ne pouvait guère être surveillée que de l'habitation d'en face. Un matin, la vieille qui y logeait a eu la bonne idée de sortir. Elle a descendu lentement la rue par ailleurs déserte. Qui sait... J'ai voulu tenter et voilà, j'ai fait quelques pas et sonné. Personne à l'intérieur. Vous viviez bel et bien seul. Malgré les années, la serrure n'avait pas été changée. Et ce jour-là, de toute façon, vous aviez omis de fermer. Je n'ai pas eu à faire usage de ma clé. Déjà, je faisais mes premiers pas à l'intérieur de l'ancien royaume... Voilà comment je me suis retrouvée chez vous un jour de début d'automne, Shimura-san.

On dit de certaines tortues de mer qu'elles reviennent mourir sur la plage où elles sont nées. On dit des saumons qu'ils quittent la mer et remontent pour frayer dans la rivière où ils ont grandi. Le vivant est gouverné par de tels protocoles. Après avoir achevé un vaste cycle de mon existence, je regagnais l'un de mes plus anciens biotopes. Celui où, en l'espace de huit années, j'avais fait mes « grandes découvertes ». Des émerveillements, des promesses inouïes. De la fenêtre de ce qui avait été ma chambre – la vôtre, bien plus tard –, vous ne deviez plus guère apprécier la vue, ces dernières années. Sans doute en étiez-vous lassé. Mais imaginez ce que c'était pour une enfant comme moi d'embrasser d'un seul regard le mont Inasa et la baie, les chantiers navals et tous les bateaux. En me penchant vers la gauche, j'apercevais l'église d'Oura où l'on m'avait baptisée, et, tout à droite, les quartiers lointains du nord ; c'est étrange, ces quartiers catholiques rasés par la bombe d'un pays chrétien... Il y a si peu de chrétiens au Japon, c'est comme si les atomes furieux largués par l'Amérique avaient voulu leur jouer un tour funeste.

J'aimais ma chambre, balcon sur le monde, sur la renaissance d'un monde où étaient morts plusieurs de mes aïeux, un 9 août lointain. Huit de mes années se sont écoulées là. Comme j'aimais ces pièces, ces murs… Je me dis qu'il faudrait inscrire dans toutes les constitutions du monde le droit imprescriptible de chacun à revenir quand bon lui semble sur les hauts lieux de son passé. Lui confier un trousseau de clés donnant accès à tous les appartements, pavillons et jardinets où s'est jouée son enfance, et lui permettre de rester des heures entières dans ces palais d'hiver de la mémoire. Jamais les nouveaux propriétaires ne pourraient faire obstacle à ces pèlerins du temps. J'y crois fort, et si je devais renouer un jour avec l'engagement politique, je me dis que ce serait l'unique point de mon programme, ma seule promesse de campagne…

Un dimanche d'automne, l'année de mes seize ans, mes parents sont partis en voiture du côté de Shimabara pour rendre visite à des cousins. Ils n'en sont jamais revenus. Un glissement de terrain dû à la tempête en cours a emporté la route à leur passage, quelque part dans la montagne. Voilà. J'étais orpheline. Le reste de la famille m'a prise en charge. J'ai déménagé chez un oncle et une tante. Je me souviens du jour où j'ai quitté les lieux. J'étais loin de penser que, longtemps après, j'y retournerais piteusement, comme une petite voleuse, et m'installerais dans la pièce dont mes parents avaient fait leur chambre.

Plus tard, j'ai pu m'inscrire à l'université, à Fukuoka. Les études ne me réussirent pas. Je ne m'accrochais à rien. Le glissement de terrain, je l'ai compris peu à peu, continuait en moi. Il avait commencé un jour de typhon en se jetant sur ses premières proies ; maintenant, mon tour était venu. L'éboulement poursuivait son œuvre plus lentement, souterrainement. Il emportait pan par pan la vie que j'aurais aimé mener. Quoi que je fasse, les choses m'échappaient. Une mécanique avait dû se casser. Je me suis mise à haïr le monde tel qu'il allait et à fréquenter certains milieux. 1970 : à vingt ans, je suis entrée dans la très clandestine Armée rouge unifiée. Le renouvellement du pacte de sécurité entre notre pays et les États-Unis perpétuait le lien avec ceux qui avaient largué une bombe atomique sur ma famille. Haïr ! J'ai consacré des années à la haine. Le reste n'était qu'habillage. Je m'adonnais à mon rêve rouge comme d'autres à la peinture à l'huile. Même mon goût de l'extrême, je ne le prenais pas au sérieux. Nous avions la passion de l'échec en hurlant des slogans de victoire. Un jour, certains d'entre nous ont été arrêtés. J'ai dû me faire oublier. Mon moi, cet ego que je fuyais dans le nous, j'ai fini par le dissoudre dans la drogue. On m'a fourni une nouvelle identité, des papiers tout neufs. J'ai vécu de divers emplois salariés et n'ai jamais pu saisir la seconde chance que m'offrait mon nouveau nom. Voilà.

février 2009 – avril 2010

9675

Composition
IGS

Achevé d'imprimer en Espagne
par BLACKPRINT CPI
le 5 septembre 2011.

EAN 9782290034408

Dépôt légal dans la collection : septembre 2011

ÉDITIONS J'AI LU
87, quai Panhard-et-Levassor, 75013 Paris

Diffusion France et étranger : Flammarion